PARIS VICIEUX

~~~~~~

LE GUIDE

DE

L'ADULTÈRE

LIBRAIRIE DE E. DENTU, ÉDITEUR

Paris. — Société d'imprimerie Paul Dupont, 41, rue J.-J.-Rousseau.

PARIS VICIEUX

LE GUIDE

DE

L'ADULTÈRE

PAR

PIERRE VÉRON

Illustrations d'Henriot

TROISIÈME ÉDITION

PARIS

E. DENTU, ÉDITEUR

LIBRAIRIE DE LA SOCIÉTÉ DES GENS DE LETTRES
PALAIS-ROYAL, 15-17-19, GALERIE D'ORLÉANS

1883

EN MANIÈRE DE PRÉFACE

n a confectionné des *Guides* de bien des espèces :

Guide de l'Étranger ;

Guide des Environs de Paris ;

Guide des Bains de mer ;

Guide du Capitaliste ;

Guide...

Est-ce que je sais !

Mais il en est un qu'on a laissé dans l'oubli.

J'ignore pour quel motif; car c'était peut-être — vu l'état moral et conjugal de notre époque — celui dont le besoin se faisait sentir le plus impérieusement.

Celui aussi qui pouvait promettre à son auteur les bénéfices les plus certains

Son titre?

Le Guide de l'Adultère.

Hein ! comme à ce seul énoncé vous êtes de mon avis, monsieur !

Et vous aussi, madame !

Probablement même — laissez-moi l'espérer — vous aurez été, monsieur, un des premiers acheteurs; vous aurez été, madame, une des premières acheteuses de l'ouvrage.

Le Guide de l'Adultère! C'est-à-dire un résumé pratique des conseils et observations à l'aide desquels on arrive à démentir le définisseur qui prétendit que ce genre de trinité est bien rarement un mystère.

On peut, de nos jours, appliquer à l'adultère la formule jadis dédiée à l'amour :

> Qui que tu sois, voici ton maître.
> Il l'est, le fut, ou le doit être.

Donc notre guide est sûr de s'adresser à une clientèle immense. Clientèle d'en haut et clientèle d'en bas.

L'aristocratie, la bourgeoisie, la classe ouvrière... Tous! tous!!! Pas de castes devant lui!

Mais, au lieu de nous dépenser en considérations inutilement préliminaires, ne vaut-il pas mieux pénétrer tout de suite au cœur de ce fertile sujet?

Pénétrons.

Et d'abord, afin de procéder par ordre, nous aborderons, si vous le voulez bien :

LE CHAPITRE DES RENDEZ-VOUS

Très important, le chapitre des rendez-vous.
Car, en général, les praticiens habiles et les praticiennes prudentes n'opèrent jamais à do-

micile. Ceux-là sont vraiment indignes qu'on s'occupe d'eux, qui se laissent pincer encore au vieux truc du mari prétextant le voyage classique et revenant s'embusquer dans le petit cabinet noir.

Avinain, un guillotiné qui a laissé **un nom**, s'écriait en montant sur l'échafaud :

— Mes amis, n'avouez jamais !

Nobles paroles auxquelles je suis heureux et fier de donner un pendant en vous disant :

— Ne croyez jamais au départ des maris.

Par conséquent, c'est au dehors que les entrevues devront avoir lieu.

Mais où ?

Comment ?

Quelles sont les précautions préalables dont il convient de s'entourer ?

Autant de questions d'une capitale importance.

Trois systèmes de rendez-vous principaux :

La voiture,

Le cabinet particulier,

La chambre d'hôtel.

Nous allons successivement examiner ces trois hypothèses.

LA VOITURE

Le choix est délicat et nécessite une attention particulière.

Il ne s'agit pas de héler le premier véhicule qui passe ou de prendre le premier cocher venu sur la place.

Le hasard de la fourchette expose, en pareils

cas, à mille déconvenues qui peuvent avoir les plus graves conséquences.

Premièrement, avoir grand soin de s'assurer que les stores fonctionnent congrûment.

Avec les hideux sapins que la police tolère à Paris, ville du luxe, neuf fois sur dix les stores

ne sont plus qu'une loque déchirée, déchiquetée, tendue sur un rouleau qui grince sans fonc-

1.

tionner. Et alors, voyez-vous d'ici la piteuse figure que vous ferez lorsque, se précipitant dans
le coupé à deux francs l'heure, elle s'écriera de
sa petite voix flûtée, mais tremblante :

— Alfred, baisse vite les stores !

Ah ! bien ouitche ! Va te promener !

Alfred a beau s'épuiser en efforts éperdus,
rien ne va plus !

Le store de gauche, fendu en deux, ne couvre
que la moitié du carreau ; haillon flottant fait
pour attirer l'œil du passant.

Le store de droite remonte par un brusque
sursaut dès que vous l'avez lâché.

Les stores de devant ne descendent qu'au
quart de la vitre.

Enfer et damnation !

En vain vous vous ingéniez pour réparer des ans l'irréparable outrage.

En vain vous fourrez votre canne dans le ressort. En vain vous cherchez à attacher l'étoffe délabrée avec des épingles noires qu'elle a généreusement arrachées à sa blonde — ou brune — chevelure.

Inhabitable, le local roulant.

De telle sorte qu'il vous faut descendre tout à coup, — au beau milieu de la curiosité publique,

qui examine malicieusement ces portières derrière lesquelles on sent des luttes bizarres et des trémoussements infructueux.

Conclusion : bien examiner les stores avant de monter, les manœuvrer d'une main rapide ; de plus, ne pas perdre de l'œil le cocher pendant ce temps-là.

S'il a un mauvais sourire, se méfier.

Il se retournera sur son siège pour regarder.

Et on n'aime, en général, pas ça.

Se garer aussi, comme de la peste, du cocher gris qui, dès que vous vous acheminerez avec *elle* vers le bois de Boulogne ou les fortifications, se mettra à taper au carreau et voudra engager à toute force la conversation pour vous conter qu'il a aimé, lui aussi, en son temps, ou comment un scélérat de mari a pris, dans sa roulante, un couple aimable, la semaine dernière.

Vous voyez d'ici l'effet que peut produire sur les passants ce solo extérieur, proférant à tue-tête :

— Dites donc, les amours?... Il leur a fichu une fameuse raclée, allez... Si le mari allait venir aussi et vous secouer... Hein! On rigolerait drôlement.

Ou bien interpellant ses chers confrères au passage en braillant :

— Regarde-moi ça !... En route pour le paradis, ma vieille... Qué qu' tu veux? Faut bien que jeunesse se passe.

Et accompagnant le tout d'un refrain tel que :

> Mon époux est à Perpignan,
> J' peux m. donner de l'agrément !

Préférer en tout état de cause un cocher d'un certain âge. Les jeunes ne sont pas encore amor-

tis et se laissent plus aisément induire en tentation de curiosité.

Les trop vieux ont des retours offensifs d'égrillardise qui les rendent également dangereux.

Recommandation de détail : éviter soigneusement, quand vous quittez la voiture, de vous faire conduire à une véritable adresse.

Pas même à celle d'un simple ami.

On a retrouvé des pistes avec de moindre indices.

LE CABINET PARTICULIER

n des domiciles habituels de l'adultère. — On se loge comme on peut.

Encore est-il nécessaire de se prémunir, par certaines précautions, contre les périls de ce logement transitoire.

L'adultère compte à Paris un certain nombre de restaurants spéciaux qui ont, en son honneur, choisi des maisons à deux issues pour y établir leurs casseroles frauduleuses.

Se tenir sur ses gardes, toutefois, si l'on ne veut pas être victime d'une méprise semblable à celle qui a mis à mal la pauvre petite comtesse de V...

Elle trompait son mari, la pauvre petite comtesse de V... Oh! c'était pour la première fois.

Aussi manquait-elle d'expérience, ainsi que vous l'allez voir.

Son partenaire, plus au fait et déjà exercé

aux coups de canif, avait précisément choisi

comme premier abri de leur lune de miel un des restaurants à deux issues dont je parle.

Il lui avait fourni les explications nécessaires.

— Vous passerez devant la loge du concierge sans rien dire... Vous monterez au premier au-dessus de l'entresol... Vous ouvrirez une porte sur laquelle est un écusson. Là, vous trouverez un garçon qui est toujours à l'affût et qui se chargera de vous guider.

Parfait !

Le grand jour arrive.

La pauvre petite comtesse de **V...**, fort trem-blante, avec l'émotion inséparable du début, arrive à la rue indiquée. Elle pénètre dans la maison dont on lui avait donné le signalement. Elle monte...

Mais malheureusement, en montant, si grand était son trouble qu'elle ne compte pas exacte-ment les étages.

La voilà au second au-dessus de l'entresol. Sur la porte, l'écusson indiqué.

Voyant à peine, défaillante, ahurie, elle tourne le bouton d'une main tremblante.

Le garçon promis est là, qui, après s'être incliné, lui ouvre la porte d'un petit boudoir.

Elle tombe sur une chaise, et, après une courte attente, quelqu'un arrive.

Grand Dieu! ce n'est pas lui, l'homme aimé et attendu.

C'est un inconnu, un inconnu qui tient à la main quelque chose de brillant comme un poignard et qui dit en s'inclinant :

— Si madame veut ouvrir la bouche...

Bref, il résulte d'une rapide explication que la pauvre petite comtesse de V..., se trompant d'étage, était entrée chez un dentiste à qui il fallut, bon gré mal gré, payer cent francs pour éviter des indiscrétions fâcheuses.

Car ce digne praticien a précisément choisi le

voisinage des cabinets en question pour spéculer avec fruit sur les méprises de ce genre.

Donc comptez bien les marches.

Évitez aussi de prononcer devant le garçon les mots *mon mari*, mesdames !

Ils ont des subtilités d'oreille et de flair, les garçons. Et une fois sur la trace, il y en a qui peuvent la suivre jusqu'au chantage inclus.

Ne jamais vous laisser aller, anges de l'adultère, à griffonner sur les glaces votre nom avec un diamant.

Il est des maris dont l'œil exercé a reconnu les jambages de leur femme.

Faire aussi un inventaire scrupuleux avant de partir.

Une ombrelle oubliée a été le point de départ de tout un drame judiciaire entre le gros banquier Schœndler et son épouse.

Elle était marquée au chiffre de celle-ci, l'ombrelle révélatrice. C'était le gros banquier lui-même qui avait commandé l'armoirie, car il a des prétentions à la noblesse d'autant plus opiniâtres qu'elles sont moins justifiées.

Le hasard — fatal hasard — voulut qu'il vint avec sa maîtresse dans le même cabinet que sa femme venait de quitter peu de temps auparavant.

L'ombrelle était là...
Vous devinez le reste.

LA CHAMBRE D'HOTEL

J'aurais peut-être dû intituler ma série : *Les sept châteaux de l'adultère,* comme pendant aux *Sept châteaux du diable.*

Le comble de la mise en scène, quand on a des rendez-vous dans une chambre d'hôtel, c'est de ne s'y rendre qu'une malle à la main.

D'aucuns ou d'aucunes préfèrent à la chambre d'hôtel la chambre d'ami.

Amants prudents, je ne vous conseillerai jamais la chambre d'ami. Elle coûte parfois trop cher, précisément parce qu'elle ne coûte rien.

Tantôt c'est l'ami dévoué, mais curieux, qui se trouve là par hasard à l'heure où elle doit venir.

Tantôt c'est elle qui finit par vous dire, un jour :

— Il est vraiment bien complaisant, ton ami. C'est sa photographie, cela ?

(Le traître a eu soin de la laisser traîner, ornée de moustaches aux crocs séducteurs.)

Vous vous récriez :

— Y penses-tu ? Te compromettre ainsi !

Vous avez beau faire : elle y pense toujours, comme dans Victor Hugo, et le résultat est qu'un jour vous apprenez que ce serait à votre

tour de prêter votre chambre aux amours de
votre remplaçant.

La chambre d'hôtel, par malheur, a ses inconvénients.

Ses inconvénients nombreux.

Si vous êtes spécialement malechanceux, il
vous arrive ce qui est arrivé à un de nos amis.

Il avait fait une conquête charmante. Mais
doublée d'un tigre du Bengale.

Aussi de quelles précautions ne s'entoura-t-on
pas !

Après avoir cherché longtemps, notre ami se
décide pour un petit hôtel isolé, isolé, là-bas,
là-bas, près du puits artésien de Grenelle.

C'était bien le diable si, dans de tels parages,
on n'était pas en sûreté !

La directrice de l'hôtel, femme d'apparence

experte, lui avait d'ailleurs vanté tout de suite la sécurité dont on jouissait chez elle.

Or, au premier rendez-vous, comme la femme du monde s'en allait, notre ami se disposait à l'accompagner jusqu'au fiacre, lorsqu'une voix l'arrête :

— Bonjour, monsieur ! Comment vous portez-vous ? Je suis bien charmé de rencontrer un maître dont j'ai gardé un si bon souvenir.

C'était un ancien valet de chambre voleur que notre ami avait dû flanquer à la porte avec tous les égards dus à sa filouterie. Il était devenu garçon d'hôtel.

Je vous laisse à penser si sa voix était gouailleuse en parlant ainsi, et de combien de louis il fallut arroser sa discrétion.

2

Double dose, car notre ami était marié aussi, et le chenapan pouvait faire d'une pierre deux coups.

Autre vice rédhibitoire : le manque d'épais-

seur des cloisons. On dirait, ma parole ! qu'on

bâtit, spécialement en vue de l'adultère, des chambres à sonorités funestes.

Comme c'est agréable! Vous tombez à ses pieds en vous écriant :

— Enfin, chère, nous voilà seuls!

— Une, deux, trois... avec vot' déshonneur! chante, dans la pièce d'à côté, un organe mâle et aviné sur l'air de la *Favorite*.

C'est paralysant!

LE CHAPITRE DES AMIES

'est à vous, mesdames, que ce discours s'adresse spécialement. Veuillez y prêter, je vous en prie, quelque attention.

Il en est digne.

La nature humaine est ainsi faite qu'on éprouve presque toujours un irrésistible besoin de raconter à autrui ce qu'on devrait tenir caché.

En matière d'adultère surtout, c'est une règle qui n'a guère d'exception.

Et ici intervient le chapitre des amies.

L'amitié au masculin est chose bien rare ; l'amitié au féminin me paraît chose introuvable.

Si celle à qui vous vous confiez est de votre âge, c'est une rivale.

Si celle à qui vous vous confiez est plus âgée que vous, c'est une envieuse.

Sans parler des défauts personnels qu'elle peut avoir, tels que :

L'indiscrétion ;

La légèreté ;

La perfidie ;

La dépravation.

Autant de motifs pour qu'elle vous trahisse, volontairement ou involontairement.

Ayez en particulière méfiance les amies qui sont elles-mêmes mariées.

C'est un mécanisme bien facile à vous expliquer,

L'amie mariée que vous avez mise dans vos

confidences, et qui trompe son mari, se fera tôt ou tard ce raisonnement intime :

— Gustave (c'est le nom du mari) sera très flatté d'apprendre que Trois-Étoiles est... ce qu'il ne croit pas être, lui. Sa satisfaction me vaudra de la sécurité pour mon propre compte. Allons-y !

Et tôt ou tard elle y va.

— Tu ne sais pas? commence-t-elle d'une voix insinuante... J'ai beaucoup hésité, parce que j'aime bien Léontine, qui est une ancienne amie de pension ; mais avant tout, n'est-ce pas? le premier devoir d'une femme est de ne pas avoir de secret pour son mari.

— Certainement! répond Gustave, visiblement flatté. De quoi donc s'agit-il?

— Eh bien, Léontine... Tu ne devines pas? Ah! c'est bien mal... un mari si bon! Mais donne-moi ta parole que tu n'en parleras à personne.

— Ma parole!

— Non, mais sérieusement... parce que moi, je ne peux rien te cacher, vois-tu, mon chéri, et

2.

je ne voudrais pas faire avoir de la peine à Léontine.

Gustave, de plus en plus flatté, se rengorge et promet.

Elle continue :

— Je ne comprends pas qu'on trompe son mari et qu'on reste avec lui. Moi, je partirais tout de suite, si j'étais capable de... Figure-toi que c'est avec ce jeune homme brun... Mais tu m'as donné ta parole, n'est-ce pas, de ne rien répéter ?...

Sur quoi Gustave, complètement persuadé, pense :

— Je suis tout de même heureux d'être tombé sur une femme comme la mienne ! J'étais bien sûr d'elle, mais j'en suis plus sûr encore. Car, évidemment, si elle avait des intrigues, elle n'aurait pas avec moi cette expansion sur de pareils sujets... Cette Léontine !

Le mieux qui pourrait vous arriver, ce serait que, profitant de l'occasion, Gustave se mît à vous faire la cour pour son propre compte. Et vous ne devez pas y tenir, si vous aimez l'autre.

Donc, pas d'amies, pas de confidences.

LE CHAPITRE DES DOMESTIQUES.

A plus forte raison, le conseil ci-dessus s'applique aux ennemies.

Et en tête de celles-ci figure naturellement votre femme de chambre.

Plus vous serez généreuse avec elle, plus elle en conclura que votre secret vaut cher.

Et immédiatement elle ira le vendre à votre mari.

Autre motif qui vous impose la plus absolue réserve avec vos caméristes :

Neuf fois sur dix, ou votre mari leur fait la cour, ou elles ont envie de se faire faire la cour par votre mari.

— Mais, me direz-vous, comment correspondre alors ? Ce qu'on a encore inventé de mieux, c'est :

LA POSTE RESTANTE

La République a droit, de la part des femmes

mariées, à une reconnaissance **toute** particulière dans la bonne ville de Paris.

Avant elle, il n'y avait, pour toute la capitale, qu'un seul bureau de poste restante, sis rue Jean-Jacques-Rousseau.

Si vous demeuriez, vous qui échangez des tendresses sous enveloppe avec un Adolphe ou avec un Ludovic, si vous demeuriez dans les parages de la barrière du Trône, de la barrière de l'Étoile ou du Petit-Montrouge, quel voyage effroyable !

Vous étiez vraiment les parias de l'adultère.

Était-ce juste, sous un régime qui fait figurer dans sa devise le mot : *Égalité ?*

Grâce à une réforme que je n'hésite pas à qualifier de providentielle, la poste restante maintenant luit pour tout le monde.

Chaque bureau de quartier a la sienne.

Rien de plus facile, par conséquent, que de vous faufiler entre deux courses.

C'est toujours pour les dames que je parle. Que ceux de mon sexe se tirent d'affaire comme ils pourront ! Leurs bonnes fortunes ne sont pas sans m'inspirer une pointe de dépit. Jalousie de métier !

Recommandation importante :

Ne jamais vous adresser à la poste restante trop voisine de votre domicile. Vous pouvez y faire de mauvaises rencontres.

Autre recommandation :

Ayez toujours de l'argent dans vos poches. On ne sait pas ce qui peut arriver.

Cette même République, dont j'ai déjà exalté la sollicitude, a créé une institution appelée : la *Caisse d'Épargne postale*, laquelle peut être d'un précieux secours pour la femme qui est sur le point d'être pincée en flagrant délit de correspondance clandestine.

Vous arrivez dans le bureau. Vous apercevez une figure de connaissance.

Sans broncher, vous changez de guichet. Au

lieu d'aller à la poste restante, vous allez à la caisse d'épargne postale, et vous déposez dix francs à n'importe quel nom, sous n'importe quel prétexte :

De l'argent que vous économisez pour faire une surprise à votre mari ;

Une filleule pauvre à qui vous amassez une petite dot ;

Ou quelque chose d'approchant.

En chœur, mesdames :

— Vive Cochery !

A vous, messieurs, un conseil, pour ne pas avoir l'air de trahir tout à fait votre cause.

Avant d'adresser à votre bien-aimée des lettres dans un bureau de poste restante, allez voir un peu quelle tête a l'employé.

S'il est joli garçon, n'écrivez pas à ce bureau-là !

J'en ai connu un qui soufflait leur conquête à tous les correspondants, quand les conquêtes en valaient la peine.

Son truc était des plus simples.

La seconde fois qu'une jolie femme se présentait, à la lettre par elle réclamée il en joignait une autre, qu'il avait préparée et où il disait :

« Quelqu'un vous aime encore plus que celui qui vous a écrit la lettre que vous venez chercher. Faites un signe et le quelqu'un se fera connaître. »

Ça ne ratait jamais ; le signe était fait à la troisième fois. L'appétit vient en mangeant.

MODES DIVERS DE CORRESPONDANCE

Souvent on n'a pas besoin de s'en dire bien long.

L'ingéniosité aidant, tout peut vous servir à correspondre avec l'objet aimé.

J'ai connu un couple qui avait une méthode de la plus pratique simplicité.

3

Il ne s'agissait que de s'indiquer l'heure des rendez-vous. On avait pris les douze premières lettres de l'alphabet.

L'amant passait la veille et, sur les inscriptions d'une des boutiques environnantes, soulignait une des lettres à la craie.

La femme, en sortant ensuite, regardait et comprenait.

Par exemple, pour se donner rendez-vous à onze heures, il fallut décréter une variante.

Impossible de trouver un K dans toute la rue.

En Russie, ce ne serait pas la même chose.

. . . .

Mais, tout bien considéré, je crois que le meilleur moyen de faire un bon *Guide de l'Adultère,* c'est encore de le mettre en action, comme la morale.

Nous allons essayer, avec votre permission et votre encourageante indulgence.

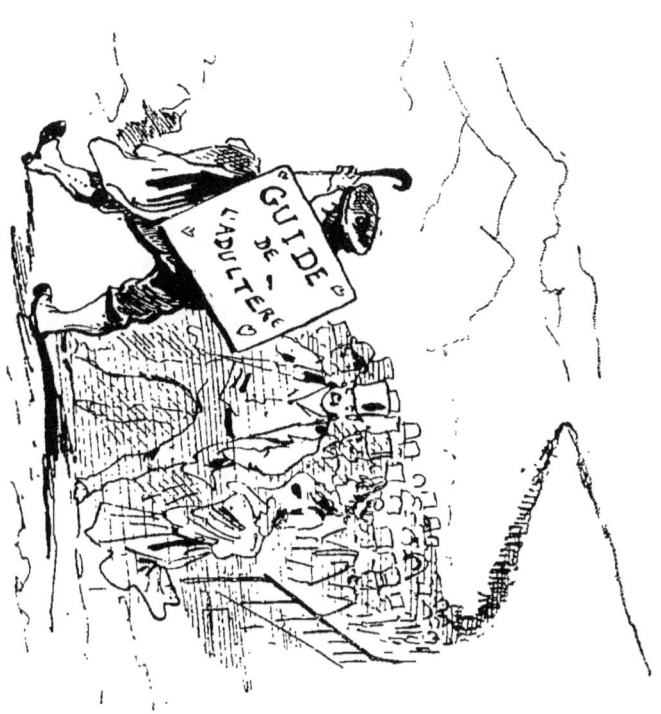

LE BUVARD

MORALITÉ

ervez-vous toujours de poudre.

Plaît-il ? Vous ne comprenez pas ? Vous allez comprendre quand vous aurez lu le récit qui suit.

Le ménage des M... était un ménage comme il y en a tant. On pourrait peut-être dire un ménage comme il y en a trop.

L'indifférence souriante.

Monsieur allait beaucoup de son côté. Madame allait un peu du sien. On vivait sur ce *statu quo* qui n'avait rien d'affichant, rien non plus de désagréable.

Le ménage des M... était même cité comme un ménage d'excellente moyenne.

— Charmante femme! disaient les hommes.

— Très aimable, ce M. M...! disaient les femmes.

Comment se fit-il que ce ciel où l'on ne voyait

courir aucun nuage s'assombrit au point qu'un procès en séparation de corps a été introduit et sera plaidé dans une très prochaine audience?

II

Ce matin-là, madame avait pénétré dans le cabinet de monsieur.

— Mon ami, il me faudrait pour le bal de la présidence une toilette...

— Pardon, ma chère amie, mais il me semble que ce ne sont pas les toilettes qui vous manquent.

— Pour les occasions ordinaires, non ; mais pour celle-ci...

— Une vraie cohue que les bals de la présidence. Je ne vois pas qu'il soit si nécessaire de se mettre en frais extraordinaires. C'est à peine si l'on vous voit.

— Tout Paris y est.

— Ma chère amie, pour le moment, votre budget n'a pas d'excédent disponible, comme nous disons à la Chambre, et...

— Je ne comprends pas, pour une dépense aussi indispensable...

— Vous m'obligerez en n'insistant pas.

— C'est votre dernier mot ?

— C'est mon dernier mot.

— Ah ! nous verrons !

— C'est tout vu.

— Cela dépend...

III

Pendant tout le temps qu'avait duré ce dialogue, les regards de Mme M... avaient, sans que son mari y prît garde, été fixés sur le bureau devant lequel celui-ci était assis.

Pourquoi cette obstination ?

C'est que ledit regard avait rencontré sur ledit bureau, par un hasard qui n'avait rien de prémédité, le buvard tout grand ouvert de M. M...

Un buvard presque neuf, superbe.

Il se l'était offert pour ses étrennes, chez un papetier à la mode.

Et tandis que la conversation s'animait entre les deux époux, madame inopinément avait re-marqué...

Vous allez voir.

IV

Une heure s'est écoulée.

Le valet de chambre est venu annoncer que le déjeuner est servi.

M. M..., qui se sent en appétit, s'est dirigé avec empressement vers la salle à manger.

Il y est seul depuis quelques minutes déjà,

commençant à attendre avec une certaine impatience... Pourquoi donc madame ?... La voici !

Elle s'assied, sans mot dire. Le déjeuner s'avance... Pas pour elle toutefois, car elle ne mange pas.

M. M... fait contre mauvaise humeur bon appétit.

Cependant l'agacement finit par venir.

— Voyons, ma chère amie...

Pas de réponse.

— Vous n'avez donc pas faim ?
— Apparemment.

— C'est exagérer singulièrement l'importance d'un petit débat.

Pas de réponse.

— Si cette toilette te tient tant au cœur, tu l'auras.

— Je vous remercie, je n'en veux plus.

— Que signifie ce nouveau caprice ?

— Je vous le dirai... tout à l'heure... quand vous aurez achevé de déjeuner.

— C'est fait, parbleu !... Je n'ai plus l'humeur à...

— Alors, si vous voulez me suivre...

— Te suivre ?

— Oui.

— Étranges façons !

— C'est possible.

V

Mme M... avait ramené son mari dans son cabinet, — à cette même place où nous les voyions tout à l'heure.

Il se rassit à son bureau.

Elle, alors :

— Je ne suis plus étonnée, monsieur, que vous me refusiez le nécessaire.

— Un nécessaire qui, tu l'avoueras, ressemblait singulièrement à un superflu

— Faites des mots.

— De quel ton me parles-tu ?

— Du ton que doit prendre l'épouse blessée.

— Peut-on exagérer ainsi ?...Pour un malheureux costume !...

— Il ne s'agit plus de costume, monsieur !

— Et de quoi donc ?

— Votre refus avait un motif.

— Sans doute. Il me semblait...

— Non, ceci c'était le prétexte. Le motif...

— Je ne comprends pas.

— Et moi qui, naïve, crédule, avais confiance
dans la...

— Dans la quoi ?

— Tandis que monsieur entretenait des maî-
tresses.

— Moi !

— Oui, vous.

— C'est une calomnie.

— Vous auriez au moins dû prendre vos précautions.

— Quelles précautions ?

— Ce buvard !

— Eh bien ?

— Eh bien, regardez !!

Mᵐᵉ M... brandissait un feuillet du buvard qu'elle avait déchiré.

On y voyait, tracée au rebours, une suite de pattes de mouches formant le début d'une lettre.

M. M... ne comprenait pas encore.

Mais quand sa femme eut placé le feuillet en transparence devant la vitre, il lut couramment, les caractères étant retournés :

« Ma petite Gardeniette,

« Gros Bébé ira ce soir passer la soirée avec
« colombe adorée... »

Et au-dessous, sur la traître feuille, toujours
de son écriture, cette adresse :

Mademoiselle

Gardeniette,

Rue d'Aumale, 61.

— Pincé !

— Vous comprenez, monsieur, déclara madame, qu'après un tel scandale, il ne me reste
plus qu'à retourner chez ma mère et qu'à intenter
un procès en séparation.

— Léonie !

— Tout est fini entre nous !

VI

C'est ce procès-là qui sera plaidé prochaine-
ment.

Seulement un incident auquel personne ne
s'attend — Mme M... encore moins que les autres
— se produira à l'audience.

Je tiens la chose de ce diable de petit Gala-

vert, l'avocat fureteur, qui fourre son museau pointu partout.

Comment l'a-t-il appris ? Est-ce par son confrère Palumet, qui plaidera pour M. M...... ?

Toujours est-il que le fait est positif.

A l'audience, le défenseur du mari produira une autre feuille de buvard, — ayant, celle-là. appartenu à madame et que le mari, resté seul au logis, a découverte par le plus grand des hasards au fond d'un tiroir de chiffonnier dans la chambre d'icelle.

En transparence — par le procédé qu'elle ré .

véla elle-même — M. M... a lu distinctement et fera lire aux juges ces mots, pris d'une lettre écrite par Mme M... :

« A demain, cher Léon. C'est bien mal, ce que nous faisons là. Mais je t'aime ! »

Or, Léon, c'est un cousin qui était assidûment reçu dans la maison.

MORALITÉ

Je réitère :

Servez-vous de poudre !

LE BUVARD

AFFAIRE DE PRESSE

A Madame B. A...

PARIS (FRANCE)

ous êtes femme d'esprit, madame, et aussi, dit-on, femme d'imagination.

C'est à ce double titre que je prends la liberté de vous dédier le petit récit qui va suivre.

On ne sait pas ce qui peut arriver, mon Dieu! et les bons conseils peuvent toujours servir. J'ai ouï dire, d'ailleurs, que ce pauvre M. B. A...

Oh! je ne vous en fais pas de reproche. Il est ridicule à point, monsieur votre mari, et vous êtes

par conséquent, au point de vue du canif, dans le cas de légitime attaque.

Je vous avouerai même que si j'avais un mari comme celui-là, à supposer que je fusse femme, je ne me gênerais nullement pour... Vous m'entendez bien.

Enfin, c'est votre affaire. Mettons que je n'ai rien dit là-dessus.

A vous supposer une vertu immaculée et invincible, j'espère que vous n'en trouverez pas moins un plaisir platonique à lire le petit récit que je place sous votre invocation protectrice.

Vous êtes femme d'esprit, je le répète. Il n'en faut pas plus pour m'assurer de votre indulgence.

Et puis, chère m dame, c'est historique, cela,

tout ce qu'il y a de plus historique, et l'histoire est toujours profitable à étudier.

*
* *

Nous y voici.

Je connais un de mes amis (n'est-ce pas qu'elle est délicieuse, cette formule bête que tout le monde emploie? qu'est-ce que pourrait bien être un ami qu'on ne connaîtrait pas?)...

L'ami en question est un confrère. Il appartient à cette abominable corporation des journalistes dont on dit tant de mal et pour laquelle je sais que vous avez, au contraire, une sympathie spéciale.

Inutile de vous indiquer autrement quel il est. J'en ai dit assez pour les besoins de la cause; autrement j'en dirais trop.

Or, il advint que ledit ami et ledit confrère trouva sur sa route une charmante femme.

Pas aussi charmante que vous, madame, ce serait impossible; mais enfin je vous assure qu'il avait lieu de se tenir pour satisfait tout de même.

4

Sauf un *seulement!* Il y a toujours des *seulement* en amour, comme en toutes choses, du
reste.

Le *seulement*, dans la circonstance présente,
était un mari.

Que voulez-vous! pour peu qu'on soit un brin
délicat dans ses goûts, il est bien difficile et
même tout à fait impossible de tenir à une femme
si elle ne tient pas elle-même à quelque chose,
jeune fille ou femme mariée.

A moins de tomber dans la catégorie des co-
cotes, où il n'y a qu'à se baisser pour en prendre.

Mais quand on n'aime pas à se baisser, surtout si... bas!

Mille pardons! je multiplie les incidentes et
mon récit n'avance pas.

Je passe rapidement, chère madame, sur les préambules de l'action.

A peu de variantes près, les prologues en pareil cas se ressemblent presque tous. Tant plus on veut résister, tant moins on y réussit.

On a des remords de part et d'autre. On se dit : Jamais !

Imprudence ! Deux négations valent une affirmation.

C'est ce qui arriva.

A force de répéter : *Jamais*, cela signifia *demain*.

Demain, à onze heures, au pavillon d'Armenonville.

Peut-être avez-vous entendu parler, madame, de ce charmant séjour. Dans tous les cas, vu le *Pré-aux-Clercs*, vous devinez la suite et pressentez que les rendez-vous de noble compagnie s'y donnent volontiers.

De grâce, ne rougissez pas ! Loin de moi la pensée d'insinuer que vous pourriez le savoir par expérience.

Ce n'en est pas moins un fait notoire, un détail connu du parisianisme.

Inutile d'ajouter que mon ami, qui est un galant homme, fut exact et que même, devançant
l'heure dite, il se mit, pour tromper les impa-
tiences de l'attente, à lire un journal qu'il avait
apporté.

Puis un second. Il entamait le troisième quand
elle arriva.

Nous allons, si vous le voulez bien, tirer les
rideaux. Je gage que, pour rien au monde, vous
ne voudriez regarder par les meurtrières de la
vie privée.

A quoi bon, du reste?

Ils s'aimaient, ils se le dirent.

Ils se le répétèrent même.

Que faire en un cabinet, à moins d'échanger de ces douces assurances?...

— Déjà trois heures ! s'écria-t-elle soudain en tirant sa montre. Comme le temps a passé vite !

— Merci !

Et il l'embrassa.

— Non, monsieur, non, soyez sage mainte-

4.

nant. Je vous dis qu'il est trois heures. Mon
mari va revenir de la Bourse, et s'il ne me trouve
pas...

— C'est vrai, vous avez raison.

On sonna le garçon.

— Vite l'addition et une voiture !

— Oui, monsieur.

Puis commencèrent les préparatifs du départ.

Un instant à la fois douloureux et charmant.

On aide à endosser le pardessus de fourrure,
ce qui est un prétexte pour enlacer la taille qu'il
va cacher avarement.

Oh ! ces vilains cheveux qui retombent désor-
donnés sur le front ! On les relève du bout des
lèvres.

Une épingle qui tombe !...

Elle baisse un peu le cou, pour qu'on la réin-
tègre dans le chignon. Et voilà que l'ondulation
vous prend une de ces courbes provocantes auxquelles on ne résiste pas.

C'est toute une mise en scène aux incidents multiples et exquis.

Soudain elle fit un petit bond.

— Eh bien, monsieur, vous alliez commettre une jolie imprudence !

— Comment?

— Voyez.

En même temps, elle s'était baissée et avait ramassé par terre les deux bandes des journaux qu'il avait lus en l'attendant.

— Laisser après vous votre nom et votre adresse, pour que...

Elle s'interrompit. Le garçon avait brusquement ouvert la porte, tenant l'assiette avec la monnaie, et d'un geste prompt elle fourra les deux bandes dans sa poche pour les jeter dehors à la sortie.

Il régla. Le garçon disparut.

— Adieu, chère. Quel jour nous verrons-nous ?

— La semaine prochaine, si je peux.

— Dieu ! que c'est loin !

— Tu sais que je ne suis pas libre.

— Tu pourrais bien venir samedi.

— Je t'assure que non. Le samedi, il...

Une chamaillerie amoureuse s'engagea. Après la chamaillerie, on rattrapa le temps perdu par de nouveaux baisers.

Nous touchons, madame, au dénouement.

Ainsi distraite, elle avait complètement oublié les deux bandes de journaux.

Vous l'excuserez, j'en suis sûr. A sa place, n'en auriez-vous pas fait autant ?

Plaignez-la en même temps.

Plaignez-la, car voilà qu'elle rentre.

Un peu de trouble, vu l'émotion inséparable

d'un premier début. Elle ne s'en était cependant pas trop mal tirée et avait répondu avec un aplomb suffisamment tranquillisant aux quelques questions que son mari lui avait adressées, sans y chercher malice, du reste.

Lorsque tout à coup ledit mari regarde fixement.

A terre, deux papiers, l'un rose, l'autre jaune. Jaune !

Ils étaient tombés à l'instant de la poche de sa femme, comme elle tirait son mouchoir.

Il les releva, il les défroissa et lut :

M. X..., HOMME DE LETTRES.

rue ***, n°...

Et dans un coin (je vous ai dit que notre héros est journaliste), et dans un coin, prenant là une signification effroyablement ironique, ce mot :
ÉCHANGE !

*
* *

Il y a eu duel, madame.
Il va y avoir, en outre, séparation.

Voyèz cómmé lès pétites caùses peùvènt èn-gendrèr lès grands effèts !

A tout rïsque, — ùñ boñ avertì èn vàut deùx,

— j'ai pris la licence de vous narrer la chose,

afin que si, par hasard... Une de vos amies, mon Dieu!... Car pour vous...

Enfin, dans tous les cas, il est bon, dans ces occurrences, de dire :

— Mon ami, n'apportez pas de journaux !

ALLER ET RETOUR

r donc, ceci est l'aventure véridique — sachez-le bien — dont fut victime un couple bourgeois, en la bonne ville de Paris, pas plus tard que la semaine dernière.

Ils étaient heureux, — en apparence, du moins.

Ils avaient deux enfants, ce qui est suffisant. Ce qui même me paraît excessif.

Depuis deux ans, leur lune de miel n'avait été

voilée que par quelques nuages, d'un passage rapide.

Mais toute médaille a son revers.

Vous allez voir.

Limonnet — c'est le nom du conjoint — dit à sa femme, l'autre matin — un samedi — en partant pour son bureau :

— Ma chère amie, je ne rentrerai pas ce soir.

— Comment ?... Tu ne rentreras pas?

— Non.

— Ah !

Ce *Ah!* avait une intonation étrange.

Limonnet continua :

— Je vais coucher à Pontoise.

— Ah !

Ce second *Ah!* avait une intonation plus étrange.

— Oui, avec deux amis du bureau, des fanatiques de pêche à la ligne... Il paraît que dans l'Oise on fait des coups superbes... Et comme la pêche ferme le quinze avril, ils ont organisé une partie à laquelle ils m'ont invité.

— Ah !

Ce troisième *Ah!* avait une intonation très étrange.

Mme Limonnet ne fit du reste aucune autre objection.

Lui ajouta des explications complémentaires et précises que sa femme n'eut pas même l'air d'écouter.

— Adieu, Léopoldine, fit-il en manière de conclusion. J'ai préparé deux cannes... Elles sont dans l'antichambre... Adieu !... Je reviendrai demain soir... Je t'apporterai du poisson...

Il partit.

I.a scène se passe, le lendemain, dans le cœur de Mme Limonnet.

Un cœur agité. Horriblement agité.

A preuve qu'elle s'abandonne au monologue. Ce qui, dans toutes les tragédies, est un infaillible indice d'agitation.

— Cette partie...

Une pause.

— Avec des amis du bureau dont il ne me parle jamais...

Une autre pause.

— Sous prétexte que la pêche va fermer... Ça, c'est exact. Je l'ai lu dans le *Petit Journal* d'hier... Mais lui aussi peut l'avoir lu. Et c'est probablement ce qui lui a suggéré l'idée de ce prétexte...

Nouveau temps d'arrêt.

— Ainsi il me tromperait après deux ans !...

Ce serait indigne !

Et naïve, j'aurais l'air d'être dupe de ses manœuvres criminelles !

Il ne me connaît pas encore. Il verra

Ah ! monsieur est à Pontoise. Nous le saurons bien... Ce n'est pas si grand, Pontoise !..

Il m'a dit qu'ils couchaient à l'hôtel... au coin du pont. Le renseignement me suffit...

En parlant ainsi, l'épouse émue marchait à pas intermittents.

— Huit heures ! fit-elle, regardant la pendule. J'ai le temps.

Elle s'habilla et gagna le chemin de fer du Nord.

La scène se passe, le lendemain, dans le cerveau de Limonnet.

Il est troublé, ce cerveau. Fort troublé.

Ce qui l'atteste, c'est que Limonnet est resté songeur pendant tout le trajet, qu'il a fait seul

du reste, ses deux amis et leurs engins ayant manqué le train convenu.

Non seulement il est resté songeur, mais le wagon s'étant vidé à Ermont, il a commencé à monologuer, lui aussi.

— Elle avait un air bien singulier, ma femme, quand je lui ai annoncé que je découchais.

Plus que singulier.

Ses *Ah!* étaient railleurs... Il me semble les entendre encore.

Pourquoi railleurs? Quelque arrière-pensée perfide se serait-elle cachée derrière ces exclamations?

Il me semble que, depuis quelque temps, le cousin Albert vient bien souvent à la maison.

Beaucoup trop souvent... Je suis un imbécile d'avoir toléré ces visites incessantes.

C'est vrai... Où avais-je la tête?

Est-ce que ce monsieur a besoin d'être toujours fourré chez moi et de répéter avec Gabrielle des morceaux pour piano et hautbois?

C'est-à-dire que s'il m'arrivait malheur, je n'aurais qu'à me dire:

— Tu l'as voulu, Georges Dandin !

Et, par-dessus le marché, voilà que je m'avise de pêcher à la ligne! Comme si je prenais à tâche de me ridiculiser.

Et de découcher, par surcroît... Comme si je

me faisais un plaisir de leur faciliter l'adultère.

Ah! mais non!... Ce ne sera pas!... Ah! mais non!

Puisque, par un heureux hasard, mes deux collègues ont manqué le train, je rentrerai à Paris ; je m'embusquerai jusqu'à une heure du matin...

Nous verrons bien... Les *Ah!* de ma femme ne me sortent pas de l'oreille.

Corbleu! j'en aurai le cœur net.

— Pontoise! Pontoise!... cria l'employé.

Limonnet sauta du wagon et se précipita au guichet des billets.

— A quelle heure un train pour retourner à Paris ?

— Dans dix minutes.

— Donnez-moi une première... Dépêchez-vous !...

En repartant, il aperçut ses deux collègues qui stationnaient devant la gare et qui l'attendaient, étant arrivés une heure plus tôt pour commander le dîner.

Onze heures du soir.

A Pontoise.

Mme Limonnet frappe à la porte de l'hôtel au coin du pont.

— Je désire parler à M. Limonnet.

— Connaissons pas.

— Qui est venu dîner et coucher ce soir.

— Nous n'avons pas ce monsieur.

— Un monsieur qui est arrivé avec deux amis.

— Ah ! ces deux autres messieurs sont ici

— Je désirerais leur parler.

— Entrez, madame !

Une heure du matin.

A Paris.

Limonnet ouvre la porte de son appartement.

Silence.

La chambre à coucher est vide !

Il sonne à tour de bras.

La femme de chambre arrive.

— Où est madame?

— Madame n'a pas couché ici.

— Hein?

— Madame est partie pour Pontoise.

— Comment!

— Afin de surveiller monsieur.

— Bah!... Elle est bien bonne!... Sais-tu

Justine, que tu es charmante dans ce déshabillé...

— Monsieur...

—Sais-tu... Ah! ma femme me soupçonne!
Eh bien, ce sera pour quelque chose... Justine...

— Monsieur!... je vous en prie!...

— Friponne!...

ÉPILOGUE

Mme Limonnet a été ramenée, le lundi, de
Pontoise par un des deux collègues.

Un blond très gentil qui l'embrassait dans le
train.

Le lundi, M. Limonnet a acheté à Justine, la
femme de chambre, des boucles d'oreilles en
turquoise.

* *

Et le proverbe assure que défiance est mère de
sûreté!

SAINTE-ALLIANCE

SAINTE-ALLIANCE

I

Chez Mlle Satinette.

Le vicomte Edgar de Baluchon, ami intime

de la jeune personne, est allongé sur un divan,

les pieds à la hauteur de l'œil, et fumant un cigare de choix, dont la fumée fait une auréole autour de sa tête déplumée.

Car le jeune Edgar de Baluchon, quoiqu'il ne compte que vingt-sept années de bitume, — dont il faut encore défalquer mois de nourrice et de lycée, — est déjà une ruine fortement effondrée.

Quand ils ont tant de vice, les gommeux durent peu.

La conversation est engagée entre Edgar et la maîtresse du logis — qui est aussi la sienne.

— Voyons, ma bonne, voyons !... Tout ça n'est pas sérieux, fait Edgar en aspirant son *preciosos.*

— Je te dis que si tu te maries, je vais à la sacristie, et que je te la gifle sous le nez, ta pimbêche.

— Satinette, tu ne m'as pas laissé le temps de t'expliquer la combinaison... Tu t'échauffes... tu t'échauffes !...

— Crois-tu pas que je suis une refroidie comme toi... un boudin blanc qui...

— Mademoiselle !... Retirez le mot.

— C'est juste. Je calomnie ce comestible que
j'ai tant aimé quand j'étais simple ouvrière.

— Écoute, mon rat..

— Je ne suis pas votre rat... Ni rien de rien.

— T'es bête !...

— Oh ! ce n'est pas que je vous aime ; n'allez
pas vous fourrer ça dans le bonnet ! Mais on a
son amour-propre tout de même et on ne veut
pas que ces petites chipies du monde viennent
nous enlever nos amants.

— Je comprends... C'est ce que, nous autres
hommes, nous appelons le point d'honneur.

— Et ta donzelle, on lui crépera quelque
chose, c'est moi qui te le dis.

— As-tu fini maintenant ?

— Non.

— Ça ne fait rien... Je commence tout de même. Et d'un mot je vais te clouer.

— Toi !

— Moi... Satinette, je n'ai plus un sou.

— Plus un sou !

— Là ! qu'est-ce que je t'avais dit ?... Tu demeures stupide, pour parler comme une tragédie.

— Plus un... Allons donc ! Une frime... Tu avais quarante mille livres de rente.

— Oui... Il y a dix-huit mois, lorsque j'eus l'honneur de faire ta connaissance. Mais ! hourrah ! les rentes vont vite !...

Mon notaire, à qui j'avais écrit pour demander de m'envoyer quelque petite chose, m'a répondu deux ou trois phrases bien senties qui équivalaient à ce participe concluant : *Ratissé?*

— Et tu ne m'as seulement pas prévenue ?

— Pour que tu me plantes là, n'est-ce pas ?

— Dame !

— Pas si bête ! On a son point d'honneur aussi... D'ailleurs, j'avais un autre plan. Le mariage.

— Ah ! nous y voilà !

— Et tu ne comprends pas plus que tout à l'heure.

— Qu'est-ce que tu veux que je comprenne?

— C'est pourtant translucide... Je me suis dit : « Petite Satinette a besoin de manger des billets de mille à tous ses repas. Petit Edgar n'a plus de provision. Mais petite bourgeoise, heureuse de devenir vicomtesse, pourra la renouveler. Alors petite Satinette recommencera à avoir petits papiers bleus à discrétion. »

— Comment!... tu ne me planteras pas là?

— Est-ce que je pourrais, gros bébé?

— Et ta femme?

— Ah ! oui... parlons-en... Une fille de quincaillier en gros, qui a passé sa jeunesse à débiter des *tondeuses archimédiennes* et des bancs de jardin... Estimable occupation, du reste... à laquelle les parents ont recueilli de quoi lui donner un million de dot.

— Un million !

— Avec quelques opérations à la Bourse, je triplerai la dot et petite Satinette ne restera jamais sur son appétit. Et maintenant as-tu encore envie de gifler ?

— Ça dépend. Comment est-elle, ta future ?

— Je n'ai pas bien regardé... Du reste, pour ce que j'en ferai...

— Oui, connu, le refrain !

— T'es bête toujours, donc ?... Je remplirai les formalités d'usage, c'est évident. Mais est-ce que le cœur y sera pour rien ?

— Et tu viendras me voir aussi souvent ?

— Bien plus... J'aurai deux raisons : le désir de te voir et le désir de ne pas voir ma femme.

— Au fait... c'est peut-être une combinaison...

— Quand je te disais !... Embrasse-moi.

— T'as donc des idées quelquefois, toi ?

— Il paraît.

— Et tes ancêtres ?

— Ils dorment... Bonne nuit !

II

Chez M. Duboulois, quincaillier en retraite.

M. Duboulois et Mme Duboulois sont en confé-
rence avec Mlle Léocadie Duboulois, leur unique
descendante.

Elle a les yeux rouges, Mlle Léocadie.

M. Duboulois paraît fort animé.

Mme Duboulois est pâle.

Tout indique un colloque orageux.

Et en effet...

— Mais, petite malheureuse, s'écrie M. Duboulois, tu devrais baiser la trace de nos pas, à ta mère et à moi.

— Oui ! tu devrais... opine Mme Duboulois.

— Quand je pense ! reprend monsieur. Une

fille que nous avons fait élever au Sacré-Cœur,
comme le grand monde... Et qui, en nous revenant ici, s'amourache d'un de nos commis... Et
qui, à l'insu de ses parents, lui donne des rendez-vous d'où, un beau jour, résulte... Et nous
avons la bonhomie de tout cacher... de l'emmener faire ses couches en Belgique, sous prétexte de prendre les eaux de Spa... Et nous lui
trouvons un mari... Un mari titré... Un vicomte
qui ne s'informe de rien... qui prend tout, les

yeux fermés... Et mademoiselle fait des objections !... Non ! c'est une monstruosité... l'ingra-
titude poussée à ce point.

— Une fois mariée, je ne pourrai plus voir
mon enfant.

— Allons donc !... au contraire... Pour ce que
ton mari s'occupera de toi... Je le connais déjà

comme si je l'avais fait ! Je parie que si je lui proposais de légitimer l'enfant, il accepterait... Seulement ce serait trop cher.

— Comment voulez-vous que j'aime un homme pareil ?

— Avec ça que ça t'a bien réussi d'aimer ! D'ailleurs, n'embrouillons pas la question. Il s'agissait de t'établir et de trouver un nom noble... C'était mon but. J'ai travaillé pour lui toute ma vie... Ça y est... De quoi te plains-tu ?... Une fois mariée, tu t'arrangeras comme tu voudras. C'est ton affaire et ce sera la sienne... Mais encore une fois, pour ce qu'il s'occupera de toi !... Je le connais comme si je l'avais fait.

— Allons, fillette, intervient Mme Duboulois, sèche tes yeux et viens voir ta corbeille...

— Ah ! maman !

— Si tu te figures que j'aimais ton père quand je l'ai épousé !

III

Quinze jours après les entretiens ci-dessus sténographiés, c'est grand gala matrimonial en l'église de la Trinité.

Les orgues chantent.

Le clergé a revêtu ses broderies de luxe.

Le curé officie en personne (voir les tarifs).

Et, le lendemain, on lit dans les *Tablettes mondaines* des journaux bien informés :

« Hier, a été célébrée à la Trinité une union sur laquelle ont été appelées toutes les bénédictions du ciel et à laquelle tous les bonheurs sont présagés.

« L'aimable vicomte Oscar de Baluchon épou-
sait une charmante jeune fille appartenant au
haut négoce. C'étaient noblesse et loyauté qui
s'alliaient. Il faut des époux assortis. »

COUP DOUBLE

COUP DOUBLE

I

ar une brumeuse ma-
tinée du mois d'octo-
bre 18... huit heures
venaient de sonner à
l'horloge du château
des Tuileries, lors
qu'une jeune fille fran-
chit d'un pas rapide
la grille qui s'ouvre
vis-à-vis du Pont -
Royal, puis, — après
s'être retournée plu-
sieurs fois pour s'assurer qu'elle n'était pas sui-

vie, — se dirigea en hâte vers les massifs qui longent la terrasse du bord de l'eau.

Une fois parvenue à cette partie du jardin peu fréquentée d'ordinaire, et qui, en ce moment, grâce à un froid assez piquant, était plongée dans une entière solitude, elle s'arrêta brusquement en promenant autour d'elle un œil scrutateur :

— Personne encore !... Personne !... murmura-t-elle, après avoir acquis la certitude que les allées environnantes étaient toutes complètement désertes. Personne... L'heure est pourtant déjà passée, et il doit bien savoir que je ne puis attendre.

En disant ces mots, notre inconnue reprit sa marche impatiente à travers les grands arbres dont l'automne commençait à moissonner les feuillages jaunis.

Deux fois déjà elle avait parcouru dans toute sa longueur l'avenue solitaire, et deux fois son regard découragé avait en vain interrogé tous les lointains de l'horizon, quand soudain elle poussa un cri de joie et s'avança précipitamment vers un jeune homme qu'elle avait vu de loin se diriger de son côté.

— Enfin ! s'écria-t-elle dès qu'elle fut arrivée assez près de lui pour être entendue. Enfin, vous voici ! Oh ! j'ai cru un instant que vous ne viendriez pas... comme si cela était possible !... Mais comment avez-vous pu tant tarder ?... Vous ne songiez donc pas que j'étais seule ici et que tous mes instants sont comptés !

— Je ne croyais pas être en retard, répondit froidement celui à qui s'adressaient ces questions faites d'un ton fébrile. Mais me direz-vous, à votre tour, Laura, comment vous avez osé venir ici à pareille heure et sans être accompagnée ; ce que signifient enfin ce billet que j'ai reçu hier et ce rendez-vous que vous m'avez donné pour aujourd'hui ?...

— Ce billet, Albert, ce rendez-vous, tout cela vous étonne ? Oui, je le sais, je fais en ce moment une démarche bien coupable aux yeux du monde, et si on me voyait seule ainsi avec vous, c'en serait fait de ma réputation, de mon honneur ; mais moi, voyez-vous, Albert, moi qui en Corse ai grandi jusqu'à l'âge de seize ans dans l'indépendance de la vie des montagnes, je n'entends rien à tous vos mensonges de convenances, à tous les préjugés de votre société parisienne. Et, d'ailleurs, si mon honneur était suspecté à cause de vous, n'êtes-vous pas là pour le réhabiliter ?

— Certainement, balbutia Albert, je suis... Mais comment votre tante a-t-elle permis ?...

— Ma tante repose encore et ignore que j'ai quitté la maison ce matin ; il faut donc que je rentre avant son réveil, et pour cela je dois vous exposer en peu de mots le grave motif qui m'a donné tant de hardiesse.

— Prenez mon bras et marchons pour éviter

d'être remarqués, répondit sèchement le jeune homme ; et maintenant parlez, je vous écoute.

— Albert, dit Laura, depuis plus de deux mois vos visites à ma tante deviennent de plus

en plus rares, et il y a douze jours que vous n'êtes venu.

— Mon Dieu, vous le savez, je ne suis pas libre de mon temps, et des affaires importantes...

— Je le sais ; mais je sais aussi qu'autrefois ces mêmes affaires vous laissaient assez de temps pour passer toutes vos soirées avec nous... Quoi qu'il en soit, je ne vous fais pas de reproches : il me serait trop cruel de douter de vous ; mais, en votre absence et à votre insu, de graves événements se sont passés, Albert.

— De graves événements ! que voulez-vous dire ?...

— Oui, de bien graves événements, car ils doivent décider de ma vie entière. Albert, ma tante veut me marier !

Un éclair de satisfaction, aussitôt éteint, brilla dans les yeux d'Albert, qui garda le silence.

— Quoi ! vous vous taisez ! s'écria Laura ; mais vous ne m'avez donc pas entendue ?... Je vous ai dit que ma tante voulait me marier.

— J'entends parfaitement : vous marier... Eh bien ?...

— Oui ! me marier avec un autre... C'est impossible, n'est-ce pas ? et vous comprenez bien que je voulais vous voir, à quelque prix que ce fût.

— Et que voulez-vous que je réponde ? Est-ce que je peux empêcher votre tante de disposer de votre main ? Elle est votre tutrice et je ne connais pas de moyen...

— Vous ne connaissez pas de moyen !... Il en est un bien simple cependant. Ne m'avez-vous

pas cent fois juré que vous m'aimiez et que je
ne serais jamais la femme d'un autre, vous vivant ?

— Sans doute... je me le rappelle et je ne
cherche point à le nier... mais depuis que je
vous ai fait ces promesses, j'ai souvent et lon-
guement réfléchi... La mort de vos parents vous

a laissée sans fortune ; moi, de mon côté, je ne
suis pas riche... Plus tard peut-être, à force de
travail, parviendrai-je à conquérir une position
meilleure ; mais, jusque-là, je ne puis... je ne
dois...

— Et c'est vous, Albert, qui me tenez ce langage ?... Mais quand vous me les avez faits, ces
serments, quand vous m'avez demandé mon
amour en me promettant le vôtre pour la vie

7

j'étais pauvre comme à présent, et vous n'étiez
pas plus riche qu'aujourd'hui !

— Je le reconnais, Laura ; mais si le parti qui
se présente pour vous est avantageux...

— Vous voulez dire : si l'homme que je
n'aime pas est, lui, assez riche pour me payer !...

Eh bien, oui, cet homme est riche, très riche
cet homme, moitié spadassin et moitié usurier:
a gagné, à fournir les armées, une fortune con-
sidérable ; il a plus d'or qu'il n'en faut pour
acheter la fille pauvre. Mais la fille pauvre, qui
e hait, a refusé toutes ces splendeurs honteuses,

car elle avait fait serment de n'être qu'à vous, et elle n'est pas assez lâche, elle, pour trahir ainsi sa parole !

— Laura, fit Albert d'un ton irrité, vous m'insultez et je ne le mérite pas...

— Non, c'est vrai, reprit Laura avec une exaltation toujours croissante. Non, vous êtes bon et loyal, et je vous demande pardon de vous avoir méconnu; non, c'est de la bonté et de la loyauté de s'introduire, en qualité d'ancien ami de la maison, auprès d'une malheureuse orpheline que sa vieille tante a recueillie et, comme elle n'a d'autre trésor que son cœur, de lui voler ce trésor !

— Encore une fois, Laura, c'est de la démence !

— Ah! vous avez raison, c'est de la démence! Oui, n'est-ce pas, j'étais folle, et tu ne m'as pas dit d'épouser cet homme, car c'est toi, Albert, qui viendras aujourd'hui demander ma main à ma tante?

— Allons donc, fit brusquement Albert; ce mariage est impossible et nous serait funeste à

tous deux... Oubliez de vaines promesses auxquelles vous attachez une importance ridicule et
vue, d'ailleurs, je ne peux plus tenir, car mon
père ne le souffrirait pas...

— Votre père! mais n'êtes-vous pas libre?...

— N'importe! ... Et tenez, moi aussi, d'après
les conseils de ma famille, je suis décidé à me
marier avec une femme dont la fortune doit
assurer mon avenir... Que diable!... il faut se
faire une raison... De quoi vous plaignez-vous,
d'ailleurs? Vous n'avez pas à me reprocher
d'avoir abusé de votre affection et...

— Vous allez vous marier! répéta lentement
et d'un ton solennel Laura, comme si elle se
parlait à elle-même; vous allez vous marier avec
une autre... vous!...

Et Laura, quittant brusquement le bras d'Albert, s'élança hors du jardin.

En passant sur le Pont-Royal, elle s'arrêta
et contempla un instant d'un œil avide les eaux
verdâtres qui tourbillonnaient à l'angle des
vieilles arches.

— Là, se dit-elle, la mort!... Là, l'oubli!...

l'oubli !... Oh ! non, s'écria la fille de la Corse en se redressant par un geste suprême, non, je veux vivre; car la vie, c'est la vengeance !...

II

Quand Laure rentra dans la modeste demeure qu'elle occupait rue du Bac, sa tante n'était pas encore éveillée; mais à peine avait-elle caché au fond d'une armoire le châle et le chapeau qui eussent pu trahir sa sortie du matin, qu'un coup de sonnette se fit entendre.

Elle essuya à la hâte ses yeux dans lesquels roulaient encore deux larmes furtives et courut ouvrir la porte; mais, à la vue du visiteur qui se présenta devant elle, elle ne put réprimer un mouvement d'antipathie et, malgré elle, se rejeta brusquement en arrière.

— Tout beau, ma petite! fit l'étranger d'une rude voix qui s'efforçait en vain de prendre le ton de la douceur, tout beau!... Est-ce que je vous fais peur? Corbleu! je n'ai pas encore l'air si effrayant.

— Ma tante, balbutia Laura, n'est pas encore levée.

— C'est bien, ma mignonne, ne troublez pas la brave femme; c'est d'ailleurs à vous que j'ai affaire.

— A moi, monsieur?

— Oui, à vous, morbleu! car c'est vous que j'épouse, je suppose, et non pas elle! Voyons! en attendant qu'elle se réveille, entrons un peu dans cette chambre...

— Monsieur, dit Laura d'un ton offensé, cette chambre est la mienne et je vous défends...

— Allons! encore des façons, quand je vous dis que tout est convenu avec votre tante et que, dans huit jours, vous serez ma femme!

— Je vous l'ai dit, monsieur, je refuse de vous épouser parce que je ne vous aime pas.

— Ta! ta! ta! cela viendra plus tard. Moi,

vous me plaisez, et comme j'ai de la fortune et que vous n'en avez pas... c'est tout ce qu'il faut.

— Laura ! fit en ce moment la voix de la tante, Laura !

La jeune fille entra dans la chambre voisine, suivie de l'ex-fournisseur des armées.

— Eh ! c'est vous, mon cher monsieur de Berval, s'écria la vieille femme. Entrez donc. Que vous êtes aimable de venir si tôt nous rendre visite !

— Bonjour, chère dame, bonjour. J'étais en train de faire entendre raison à votre mauvaise tête de nièce.

— Comment, comment ! exclama l'acariâtre vieille femme, est-ce qu'elle se permet encore de faire des observations ? Je serais curieuse de voir cela !

— Ma tante, je vous l'ai dit, je ne veux pas...

— Vous ne voulez pas. Ah ! c'est comme cela ! Soyez donc bonne pour des ingrates pareilles ; saignez-vous aux quatre membres pour recueillir une orpheline ; et après cela, quand il se présente pour elle une occasion inespérée de faire

son bonheur en même temps que celui de sa famille, on se permet des réflexions, des rébel-
lions !... Un parti magnifique dont vous ne devriez être que trop fière !... Ah ! vous le prenez
sur ce ton-là, mademoiselle ; eh bien, ou vous
épouserez M. de Berval, ou vous irez chercher ailleurs quelqu'un qui vous garde et vous
héberge !

Pendant toute cette tirade débitée d'un air
furibond, de Berval était resté dans une impas-

sibilité interrompue seulement par quelques petits signes d'approbation muette.

· Laura l'interpella alors :

— Et vous, monsieur, n'avez-vous rien à
dire ?

— Madame votre tante a raison, répondit de
Berval.

— Vous trouvez? reprit Laura avec un accent
étrange ; et en dépit de ce que j'ai pu vous dire,
il vous plaît toujours de m'épouser malgré
moi ?... Eh bien, soit !

Trois semaines après, Laura était la femme de
M. de Berval.

III

Une année s'est écoulée depuis les événements qui ont commencé ce récit. Il y avait, ce
soir-là, bal chez Mme la comtesse de Florac.
La fête, des plus brillantes, réunissait tout ce qui
peut ajouter du charme et de l'éclat à une soirée, et un assez grand nombre de jolies femmes
se partageaient l'admiration. Mais, au milieu de
toutes ces beautés, une surtout attirait sur elle

l'attention, captivée par un merveilleux assemblage d'attraits.

C'était une jeune femme d'environ vingt ans,

dont le visage, légèrement bistré et encadré par

des cheveux d'un noir éblouissant, offrait un singulier mélange de grâce juvénile et d'énergique
résolution.

Ses yeux, où miroitaient les rayons d'un feu
séducteur, semblaient depuis un certain temps
déjà errer autour d'elle pour chercher dans la
foule quelqu'un qu'elle ne trouvait pas.

Un groupe de jeunes gens causaient à quelque
distance.

— Quelle est donc cette jeune femme qui e t
là-bas et que tous les hommages environnent?
demanda tout à coup l'un d'eux à son voisin.

— Là-bas? c'est Mme Laura de Berval, la
femme d'un ancien fournisseur.

— Mais où donc est son mari, et comment la
laisse-t-il seule ainsi? C'est impardonnable !

— Son mari, qui, malgré ses quarante-six ans,
est jaloux comme un tigre, ne la quitte jamais
d'ordinaire; mais, forcé de liquider d'anciennes
affaires en Italie, il fait de fréquents voyages, et,
ne pouvant toujours emmener avec lui sa femme
qui n'est pas d'une très bonne santé, il la laisse

aux soins de Mme la comtesse de Florac, une
vieille amie de sa famille.

— Ah ! c'est différent... Mais, c'est égal, ce
M. de Berval est bien heureux d'avoir une si jolie
femme !...

Sur quoi le groupe se dispersa.

Mais un jeune homme, qui s'était tenu à l'é-
cart, avait prêté à tout ce colloque une oreille
attentive. Il avait frémi à ce nom de Laura, et
depuis il n'avait cessé de dévorer du regard
Mme de Berval, tout en ayant l'air de vouloir n'être
pas vu d'elle. Celle-ci, de son côté, semblait
toujours continuer à chercher quelqu'un dans
la foule.

Tout à coup leurs yeux se heurtèrent. Le jeune
homme rougit et, tout en faisant un salut céré-

monieux, eut l'air effrayé, comme s'il s'attendait à rencontrer sur le visage de Laura une expression de mécontentement ; mais, au lieu de cela, ce fut un gracieux sourire qui sembla l'engager à s'approcher.

— M'aimerait-elle encore ? se dit-il à part. Pourquoi pas ? Mais oui ! bien sûr, son regard m'appelle... Elle est plus jolie que jamais... Allons, plus d'hésitation !

Et le jeune homme, s'avançant avec une révérence cérémonieuse, sollicita l'honneur d'un quadrille qui lui fut aussitôt accordé.

Au moment où ils se rendaient à leur place pour la contredanse, ils se croisèrent avec Mme de Florac, qui dit à Mme de Berval :

— A la bonne heure ! Vous vous décidez donc enfin à danser, ce soir ?

— Oui, répondit Laura d'un ton singulier.

Et ils passèrent.

Le silence régna d'abord ; ce fut Laura qui le rompit la première.

— Je ne m'attendais pas, monsieur, dit elle, au plaisir de vous trouver ici ce soir.

— C'est la première fois, madame, que j'ai l'honneur d'être invité aux soirées de Mme de Florac.

— En vérité! Moi, je vais très souvent dans le monde depuis mon mariage.

— Je l'ignorais, madame; mais je n'aurais, à coup sûr, pas espéré vous voir seule ici.

— Seule ou avec mon mari, qu'importe?

— Il importe beaucoup plus que vous ne pensez, car si M. de Berval eût été là, je n'aurais peut-être pas osé vous parler.

— Oh! par exemple, c'eût été mal de votre part!...

Et en disant ces mots, elle lui jeta un regard profond.

— Mais, à propos de mari, vous n'êtes donc pas marié, vous, monsieur?

— Non, madame. Au moment où j'allais contracter l'union... dont je vous avais parlé jadis, mon beau-père m'a refusé la main de sa fille sans que j'aie jamais su pourquoi.

— Vraiment! dit Laura avec une intonation étrange.

— Mais, je vous en prie, ne parlons plus de ce mariage, reprit le jeune homme.

— Et pourquoi donc ?

— Parce qu'il me rappelle un temps...

— Un temps dont il vous est donc bien pénible de vous souvenir ? fit-elle d'une voix caressante.

— Oh ! pouvez-vous parler ainsi !

— Moi, je ne fais qu'achever votre pensée... qui n'est nullement la mienne, ajouta-t-elle après une pause.

— Décidément, elle m'aime encore, pensa le
jeune homme en la reconduisant à sa place, le
quadrille fini. Et moi... Ma foi, tant pis pour le
mari !... Cela sera drôle !

Une demi-heure après, Albert, car c'était lui,
en valsant avec Mme de Berval, lui glissa ces mots
furtifs à l'oreille :

— Laura ! il faut que je vous voie sans témoins ;
il faut que je vous parle !

— Venez demain, Albert, répondit Laura avec
un accent dont Albert interpréta favorablement
l'émotion. Mon mari est absent pour un mois ;
nous serons seuls.

Le lendemain, Albert était chez Mme de Berval,
qui l'accueillit de façon à ce qu'il y retournât assidûment tous les jours qui suivirent.

IV

Il est une heure du matin. Une lampe, à la
clarté mystérieuse voilée par une dentelle de papier rose, laisse vaguement entrevoir les meubles
coquets d'une chambre à coucher de femme.

Laura, enveloppée coquettement d'un peignoir de cachemir bleu, est nonchalamment étendue sur une causeuse.

Albert est assis auprès d'elle.

— Laura! Laura! s'écrie t-il soudain en tombant à genoux; Laura! je ne puis contraindre plus longtemps mon amour. Laura, je t'aime! je t'aime plus que jamais! Laura, dis-moi que tu m'aimes aussi!

En entendant ces mots passionnés, Laura s'était redressée peu à peu, et, se levant tout à coup avec une fière attitude :

— Vous vous trompez, monsieur, dit-elle avec
une ironie glacée ; relevez-vous !

Albert obéit machinalement.

— Ah ! continua-t-elle alors, ah ! je ne m'é-
tais pas abusée sur votre compte, et vous aurez
été lâche jusqu'au bout ! Ah ! vous avez cru qu'on
pouvait impunément se faire un jeu de briser la
vie d'une femme ! Vous avez tué en moi la jeunesse, l'amour, l'illusion, la vie !... Vous m'avez
sacrifiée à d'ignobles instincts de cupidité ; vous
m'avez fait souffrir toutes les tortures que peut
humainement endurer une pauvre créature ; vous
m'avez immolée à une autre qui s'offrait à vous,
argent comptant ; vous avez été cause que j'ai
été unie à un homme brutal que je déteste, et
vous avez pu penser que je serais assez vile
pour oublier tout cela ! et vous avez osé venir
me parler d'amour, à moi ! et, après avoir été le
malheur de la jeune fille, vous avez aspiré à devenir le déshonneur de la femme !

Albert la regardait avec des yeux stupéfaits.

— Ah ! vous ne me comprenez pas ! reprit-elle
d'une voix amère. Non ! car vous n'avez pas de

cœur; non, vous ne pouvez comprendre que je
serais morte déjà mille fois si je n'avais pour-
suivi dans l'ombre un but caché; vous ne pouvez
comprendre que je me serais plutôt tuée mille
fois que de consentir à vous revoir, si je n'avais
juré de me venger un jour! et ce jour est arrivé! Cette vengeance, vous allez enfin la connaître, car l'heure est venue... Et tenez!...
Écoutez!...

En ce moment, on frappa à la porte de la
chambre.

— Entendez-vous? On frappe... Qui peut frap-
per à cette heure? demandez-vous... Mon mari!
Ah! vous commencez à comprendre, n'est-ce
pas? et vous avez peur, lâche!

— Corbleu! ouvrirez-vous enfin, madame, ou
j'enfonce la porte! fit Berval du dehors.

Laura alla ouvrir. Albert était cloué par la surprise et l'effroi.

— C'était donc vrai, et ce billet ne m'avait pas trompé? hurla Berval à sa vue.

— Non, monsieur, c'était vrai, répondit Laura impassible, cet homme est mon amant!...

Albert recula terrifié.

— Corbleu! s'écria Berval en lui sautant à la gorge, je le tuerai; suis-moi. Quant à vous, madame...

— Moi, monsieur, tuez-moi si vous voulez, je ne vous crains pas.

— Non! non! mais demain vous aurez votre tour.

Et il sortit en entraînant Albert.

— Je suis doublement vengée! murmura Laura en les regardant s'éloigner avec une joie sauvage; et demain... il sera trop tard !

V

Trois jours après, on lisait dans un journal du soir les lignes suivantes :

« Un mystérieux événement a jeté, cette semaine, l'épouvante dans les salons de la Chaussée d'Antin. M. de B..., riche fournisseur, a tué en duel un jeune homme qu'il croyait injustement l'amant de sa femme. Mme de B..., ne pouvant supporter la pensée de ces soupçons odieux, a mis fin à ses jours en prenant une forte dose de laudanum. On a trouvé, dit-on, après sa mort, un .estament écrit de sa main, établissant d'une manière irrécusable son innocence. La justice informe. »

'était un ménage bour-
geois, de paisible ap-
parence et d'estimable
renom, que le ménage
Dufavel.

Pas de signe parti-
culier.

Il y en a comme cela
un assez joli nombre à
Paris.

Mme Dufavel, ce jour-
là, pendant que son
mari était à la Bourse,
avait fait toilette. Très
coquette, Mme Dufavel.

Elle avait envoyé Eulalie, la bonne, faire je ne

8

sais quelle commission ; puis elle avait attendu.

Pas longtemps, car on avait frappé à la porte d'une certaine façon. Signal convenu, bien évidemment.

Elle était allée ouvrir. Un monsieur était entré.

— Il est sorti ? avait tout d'abord demandé le monsieur.

— Mais oui, avait-elle répondu, puisque c'est l'heure de la Bourse.

— Chère Léontine !

Je ne crois pas avoir besoin, sur ce début, de vous indiquer davantage la nature des rapports qui existaient entre le visiteur et la dame de céans.

Il y aurait même indiscrétion à vouloir épier la conversation. Tout ce que nous pourrons vous dire, c'est que le monsieur était un blond d'assez agréable apparence et de fort tendre langage.

Ils étaient dans la chambre à coucher. La seule que possédât l'appartement, d'ailleurs, le ménage Dufavel étant un ménage uni.

Au moment où le colloque paraissait avoir son

plus vif intérêt, un bruit étrange se produisit
soudain.

C'était dans la serrure.

— Quelqu'un ! exclama Mme Dufavel.

— Ah ! diable ! Ce ne peut être que lui.

— Mon mari ?

— Certainement.

— Sapristi ! Il faut te cacher.

— Mais où ?

— Il n'y a que là.

Elle désignait une grande armoire.

Les armoires ont beau avoir servi dans les
vaudevilles, elles sont encore en usage dans la
vie privée.

Le moment ne comportait ni objections ni hé-

sitation. Le monsieur blond se précipita. Mme Dufavel n'eut que le temps de donner un tour de
clef. Son mari entrait.

II

Évidemment il se serait aperçu de quelque
chose d'anormal, s'il n'avait été lui-même en
proie à une préoccupation visible, qui manifes-
tement détournait le cours de ses idées.

— Comment ! exclama-t-il, tu n'es pas encore
sortie?

— Non, mon ami. La bonne m'a fait attendre.

— Ta tante Galpin doit te trouver indifférente

de ne pas être allée tout de suite la voir en ap-
prenant sa maladie. Car tu m'as bien dit, n'est-
ce pas ? que tu avais reçu un télégramme t'annon-
çant que ta tante Galpin...

— Certainement, mon ami, certainement.

— Eh bien ! il faut y aller.

— C'est que...

Mme Dufavel n'osait regarder du côté de l'armoire.

— Il n'y a pas de *c'est que*, dit monsieur d'un
ton impératif. Tu n'as peut-être pas envie que
ta tante nous déshérite ? Et elle serait dans son

droit, si on lui témoignait une indifférence cou-

pable. Allons! dépêche-toi, prends ton chapeau
et ta pèlerine.

— Il est bien tard !

— Raison de plus pour te presser. Allons!
vite, vite! Tu reviendras pour le dîner, c'est
suffisant.

M. Dufavel ne perdait pas la pendule de
vue.

Que faire?

Madame mit son chapeau, madame prit sa pè-

lerine. Elle essaya vainement d'invoquer un prétexte *in extremis*. Son mari s'agaçait visiblement,
il la poussa presque dehors.

Grand Dieu ! qu'allait-il se passer ?

Elle descendit l'escalier, en proie à une angoisse inutile à traduire.

D'en haut, monsieur lui cria encore :

— Tu n'as pas besoin de rentrer avant le dîner.

III

Il était temps. Cinq minutes après le départ de Mme Dufavel, on grattait à la porte de nouveau.

Il alla ouvrir.

C'était une jeune dame brune.

— Vous êtes seul ? demanda-t-elle.

— Tout seul.

— Quelle imprudence de me faire venir chez vous !

— Auriez-vous mieux aimé aller dans un hôtel pour vous compromettre ?

— Je ne dis pas, mais...

— J'étais sûr que ma femme avait une visite à faire à sa tante, qui est malade.

— Pourvu qu'elle ne rentre pas !

— Pas avant le dîner. J'ai eu soin de le lui recommander.

— O Oscar !

— Cher ange !

Ici encore, je crois superflu d'entrer dans des descriptions oiseuses.

Le dialogue ne tarda pas à arriver à la même vivacité de réplique entre M. Dufavel et la dame brune qu'entre Mme Dufavel et le jeune homme blond.

Tiens ! au fait, le malheureux était toujours dans l'armoire. Mon devoir est de vous le rappeler, comme le sien était de ne pas bouger, malgré les risques d'asphyxie.

Tout à coup, au moment d'expansion le plus plein d'élan, un nouveau bruit à la porte.

— Qu'y a-t-il ? s'écria la dame brune.

— Ce doit être ma femme. Elle seule a une autre clef.

— Je suis perdue.

— Rassurez-vous. Je suis là pour vous sauver. Entrez seulement un instant dans cette...

Il montrait la grande armoire.

On entendait des pas.

La dame brune se précipita, pendant que M. Dufavel allait au-devant de sa femme, ce qui l'empêcha d'entendre le cri de surprise et de frayeur poussé par la dame brune, qui venait de sentir dans l'armoire un autre corps humain qui murmurait :

— De grâce ! pas un mot, ou c'en est fait.

IV

— Comment ! c'est toi ? s'écria M. Dufavel. Tu as laissé ta tante ! ta tante malade !

C'était Mme Dufavel, en effet, qui n'avait pu

résister et qui était revenue, dans l'espérance de délivrer son prisonnier.

— Ma tante va mieux , mon ami ; tout à fait mieux. Elle était sortie.

— Par exemple !

— Oui, elle a une santé fantasque. Des crises nerveuses.

Les deux époux s'observaient avec une égale perplexité.

Lui, le premier, retrouva un peu de présence d'esprit.

— Eh bien ! puisque c'est ainsi, chère amie, et que nous avons une heure et demie avant le dîner, je vais te mener, si tu veux, entendre la musique militaire au Palais-Royal.

Il pensait :

— Pendant ce temps-là, l'autre trouvera moyen de filer.

Elle pensa aussi :

— C'est la Providence qui veille sur nous. Pendant notre absence, il s'esquivera.

Cinq minutes après, le ménage Dufavel sortait

bras dessus bras dessous, s'acheminant vers le Palais-Royal.

V

— Ah ! monsieur...

— Ah ! madame...

C'était le jeune homme blond et la dame brune qui sortaient de captivité.

— Un peu plus, j'étouffais, soupira-t-il d'une voix mourante.

Et, en effet, il tomba à demi pâmé sur un fauteuil.

— Monsieur ! Voyons , monsieur ! revenez à vous... Les instants sont précieux... fit la dame brune. C'est qu'il est très bien !

— Merci, madame, merci.

Et en aparté :

— Elle est charmante !

— Partons, monsieur.

— Madame, je vous dois un mot d'explication, sans quoi vous me prendriez pour un voleur.

— Et moi, monsieur, que devez-vous penser de...

— Si vous voulez me permettre de vous ac-

compagner jusqu'à une voiture, j'aurai l'honneur,
en route...

V.

Deux mois plus tard, le jeune homme blond
de ci-dessus passait affairé sur le boulevard.

— Et où courez-vous ainsi, mon cher Julien?
C'était un ami qui l'abordait.

9

— Pardon ! mon cher, je cours parce que je suis pressé, comme on l'est toujours quand on va se marier.

— Ah bah ! **vous** marier ! Et avec qui ?

— Avec une brune charmante.

— Que vous **avez** connue dans le monde, cet hiver ?

— Non, pas dans le monde. Dans une armoire...

Je crois que l'ami, ahuri, doit être encore sur le boulevard.

LA CHASTE SUZANNE

Et dans ses vains propos le monde a répété....

que le général de Brangont alliait ses soixante-deux ans aux vingt-deux ans de Mlle Suzanne de Malarget.

Un vieux brave que ce général de Brangont.
Beaucoup de blessures.

Mais, malgré ses blessures, un cœur ardent
quand même, mille sabretaches!

Il avait rencontré dans le monde, chez sa tutrice, Mlle Suzanne de Malarget, une orpheline
de bonne famille.

Mais sans fortune.

Adorable jeune fille, du reste, que Mlle de Malarget. Et comme elle portait bien son prénom
de Suzanne, avec ses grands yeux de gazelle
intimidée qui tantôt n'osaient pas se lever, tan-

tôt vous regardaient en face avec une obstination que la candeur rendait charmante!

Mille sabretaches! — comme disait le général — c'était une exquise créature.

Avec cela, élevée à l'école du malheur. On
prétend que c'est la bonne.

Comment n'aurait-elle pas d'ailleurs été reconnaissante envers le général, qui la choisissait,
lui, criblé d'honneurs et de millions?

Lui, sénateur, s'il vous plaît!... et siégeant du
bon côté, à droite.

Lui que le roi honorait parfois de communi-
cations personnelles et autographes.

A qui il avait même écrit une lettre historique
à l'époque de... je ne sais plus au juste à quelle
époque. Il a écrit tant de lettres, le roi!...

Parbleu! à propos même de son mariage, le
général-sénateur reçut une nouvelle preuve de
la sympathie dont le comblait son prince. Dix
lignes de félicitations bien senties.

Comment ne pas être heureux sous de tels
auspices?

FIN DU PROLOGUE

. . . .

Trois années se sont écoulées.

La chaste Suzanne, que nous retrouvons embellie encore par ses vingt-cinq ans et en plein épanouissement de séduction, est aux mains de son coiffeur.

Un beau garçon, ma foi!

Méridional, l'œil noir, la dent blanche.

Tout ce qu'il faut pour être des privilégiés de l'Alphonsie-Heureuse.

Le coiffeur — qui répond au nom de Léopold — tient les belles nattes soyeuses de sa cliente et y passe le peigne avec une brutalité faite pour surprendre.

Ce qui n'est pas moins étonnant, c'est que la marquise ne se plaint pas de cette brutalité.

Elle ne semble même pas s'en apercevoir pendant que la femme de chambre va et vient dans le cabinet de toilette.

Mais celle-ci s'est retirée.

La scène change aussitôt de physionomie.

Le coiffeur, dès qu'ils sont seuls, imprime une secousse encore plus violente à la chevelure de sa cliente. Tellement violente que celle-ci ne peut réprimer un cri de douleur :

— Prenez donc garde ! vous me faites mal.

— Ça m'est bien égal.

La marquise, à ces mots, s'est retournée :

— Enfin, qu'est-ce que tu as ce matin ?

9.

Léopold, le beau coiffeur à l'œil noir, à la dent blanche, ne daigne pas même répondre.

— Enfin, qu'est-ce que tu as? répète la chaste Suzanne.

— J'ai... j'ai... j'ai que ça ne peut pas durer comme ça.

— Je ne te comprends pas.

— Je me comprends, moi. Du reste, je m'en doutais, même avant d'en être sûr.

— Tu te doutais de quoi?

— Eh ben, j'ai fait ca er tes domestiques.

— Mes domestiques?

— J'ai emmené au **café** le valet de chambre de ton mari, et **par** lui j'ai **su** tout ce que je voulais savoir. Y es-tu maintenant?

— Non, je ne...

— On va s'expliquer plus clairement. Qu'est-ce que tu m'avais dit, quand je t'ai connue? Je ne te le demandais pas, moi; qu'est-ce que ça me faisait? Une cliente jeune et gentille qui fait de l'œil à son garçon coiffeur... l'autre n'a qu'à en profiter! Mais pas du tout: tu as tenu à entrer dans un tas de détails, à me jurer qu'entre toi et ton mari il n'y avait plus **rien**, absolument plus rien...

— Léopold !

— Je t'entends encore : « Le général, c'est un père pour moi, un père seulement. »

— C'était vrai.

— Vrai ! oui, merci bien. Puisque je te dis que j'ai fait parler le valet de chambre, qui, par-dessus le marché, est l'amant de ta femme de chambre. Rien de ce qui se passe dans votre inti-mité ne leur échappe, tu penses.

— Et le valet de chambre t'a dit ?

— Plus que je ne lui en demandais. Il m'a dit que tous les soirs... Oui, tous les soirs... C'est invraisemblable, mais il paraît que c'est vrai... Tu passes des heures dans la chambre du général... Autrefois, ça m'aurait été égal ; à présent, c'est bête, ça me fait quelque chose. C'est moi qui le trompe, et c'est moi qui suis jaloux de ton vieux tronçon. Non ! je n'en veux plus ! Tu m'as menti, je ne reviendrai pas. Adieu !

En disant ces mots, le beau Léopold à l'œil noir, à la dent blanche, fait mine de se diriger vers la porte.

La marquise, la chaste Suzanne, aux yeux de gazelle effarouchée, se précipite et lui barre le passage.

— Non, laisse-moi m'en aller !

— Tu ne sortiras pas.

— Si.

— Il faut donc tout te dire, puisque tu ne devines rien.

— Il n'y a pas besoin d'être devin... Merci ! il faut à madame les deux extrêmes.

— Oh ! les hommes, quels ingrats ! Quand je pense que c'est pour lui que je...

— Pour moi !

— Mais oui, pour toi. Est-ce que ça te déplai-
rait d'avoir des millions?... de quitter ce métier
misérable, pour vivre en grand seigneur avec
une femme qui t'adorerait... qui t'épouserait
même ?

— Comment? comment?

— Eh bien! oui.

— Nous avons le temps d'attendre.

— C'est justement pour cela. Quand on m'a
mariée, on m'avait répété sur tous les tons que
le général était un vieillard, qu'après lui toute sa
fortune... Mon Dieu! j'aurais attendu ; mais je
t'ai rencontré, je ne veux plus attendre.

— Mais enfin, tout ça n'explique pas...

— Oh! c'est trop fort. Il ne m'épargnera pas
un mot d'une pareille explication.

— Voyons, calme-toi.

— Que je me calme quand il me reproche !...
Apprends donc que le médecin, un des plus illus-
tres de Paris, a affirmé au général devant moi
qu'il vivrait quatre-vingt-dix ans. « Seulement,
a-t-il ajouté avec un sourire significatif, plus

d'émotions, mon cher général, surtout de certaines émotions... Sans quoi, je ne répondrais
plus de rien. » Et maintenant me reprocheras-
tu encore d'aller tous les soirs dans sa chambre ?...

. . . .

ÉPILOGUE

Le général marquis de Brangont, sénateur,
membre du Conseil général, grand-officier de la
Légion d'honneur, etc., etc., est mort la semaine
dernière à Paris.

Il lègue toute sa fortune à sa jeune et intéres-
sante veuve.

EN FAMILLE

u moment où nous frappons les trois coups, les rideaux viennent de s'ouvrir dans la chambre de la senora Inès de Galmieros.

C'est le nom de guerre amoureuse qu'a cru devoir s'octroyer la demoiselle Céline Crochard, fille légitime (hélas !) d'un père à la Coupeau et d'une mère...

Nous n'avons pas à formuler d'opinion sur celle-ci, car elle va se charger de se présenter elle-même.

Un simple renseignement : ladite maman Crochard exerce les fonctions de concierge dans la maison qu'habite sa fille, au 123 de la rue Milton.

Quand notre représentation commence, cette matrone, à qui il nous est impossible, malgré l'usage, de décerner l'épithète de vénérable,

pénètre dans la chambre à coucher de sa descendante qui, bien qu'il soit midi et demi, vient seulement d'ouvrir les yeux à la douce lumière du jour.

La maman Crochard, qui, sans doute, ne sait

comment entrer en matière et qui flaire un orage, toussotte pour annoncer sa présence.

Son aimable postérité, à cette variation en catarrhe majeur, reconnaît immédiatement son auteur ; car, d'une voix courroucée :

— Ah ! c'est toi. Bien ! c'est du propre !

— Céline, tu as des manières avec ta mère...

avec ta pauvre mère qui s'est saignée pour t'élever... qui t'a donné un professeur de solfège...

— Ah ! oui, parlons-en ! Il a fait de la belle besogne, celui-là. Je n'avais pas encore quinze ans quand...

— Tu ne peux pas suspecter mes intentions à son endroit, j'espère. Tu sais bien qu'il n'avait pas le sou.

— Ça ne l'empêchait pas d'avoir du vice, toujours.

— Ce qui est passé est passé. J'ai eu confiance.

— Parce qu'il vous payait la goutte, à papa et à toi. C'est toujours les alcools qui vous ont perdus.

— Si l'on peut dire !... (*Esquissant un attendrissement.*) Ah ! tu me fais bien de la peine.

— Le coup du gémissement... Inutile ! On sait que tu as la boisson sensible.

— Céline, tu oublies que j'ai des cheveux blancs.

— Pas vrai, tu les teins.

— Quand on est dans la loge, il ne faut pas dégoûter le monde par l'aspect de la vieillesse. Le propriétaire ne voudrait plus de moi pour tirer le cordon.

— C'est pas tout ça. Qui est-ce qui y était dans la loge, hier, sur le coup de deux heures ?

— Y avait peut-être personne.

— Malheureusement si, y avait quelqu'un.

— Hier, sur le coup de deux heures ? Ça devait
être ton père.

— Papa ! Eh ben, tu vas me le faire monter,
que je le rabotte.

— Non, à deux heures, c'était moi. Même que
je me rappelle les circonstances. Y avait eu un
déménagement dans la maison. Et pour lors, les
déménageurs, qui étaient des gens très bien,
avaient offert une tournée. On n'a pas voulu être
en reste, on en a offert une seconde; et puis,
comme ils avaient des charcuteries variées, on a
improvisé un petit déjeuner.

— Je ne te demande pas tout ça, n'est-ce pas?

— Faut bien que je t'explique. Ton père, après le fromage, s'est trouvé un petit peu... Moi aussi... Même que nous avons tiré à pile ou face pour savoir qui garderait la loge pendant que l'autre dormirait.

— Vous me dégoûtez.

— Je peux pas le laisser boire seul : il me quitterait.

— Et lui ne peut pas te laisser boire seule, parce que tu le planterais là.

— Mademoiselle, on a trente-neuf ans de service conjugal.

— T'as pas fini ! Vous n'étiez pas mariés quand je suis venue au monde.

— Mettons dix-neuf alors. C'est déjà un bail.

— Je ne t'ai pas fait monter pour que tu me racontes l'histoire de France. Sais-tu ce que tu as fait hier, pendant que tu étais de planton et que monsieur mon père soufflait des pois ?

— J'ai fait mon service.

— Proprement, parlons-en !

— Céline, tu piétines ta mère ; ça ne te portera pas bonheur. Parce qu'aujourd'hui t'as du palissandre et que nous sommes restés en bas...

— Je te conseille de te plaindre. Vous m'avez assez sciée pour que j'use de mon influence sur le propriétaire et que je vous fasse nommer portiers.

— Je crois qu'il n'y avait rien là que de juste. C'était-il pas à moi que tu devais sa connaissance ?

— Pour ce qu'il est généreux !

— Ça ne se lit pas sur la figure. Enfin, il t'a toujours établie assez convenablement, pour un début.

— Moi, j'en ai assez de ce vieil huissier en retraite, entends-tu ?

— Je dis pas non. Faut pas contrarier les choses de cœur, c'est sacré.

— J'en ai assez. A preuve que je lui avais trouvé un remplaçant.

— Vrai ? Conte-moi donc ça.

— Il est bien temps, à présent que tu as tout chaviré.

10

— Moi ! S'il est permis de calomnier pareille-
ment une...

— Ah ! je calomnie ? Nous allons voir ça. Hier,
à deux heures, tu étais dans la loge, n'est-ce
pas ? tu viens de le dire.

— Je viens de le dire, et je le répète.

— Te rappelles-tu un monsieur brun, avec des
favoris, qui t'a demandé mam'zelle Inès ?

— Un monsieur brun ?

— Oui.

— Avec des favoris ?

— Ne fais donc pas la bête.

— J'ai comme une souvenance, en effet ; mais
je suis sûre d'avoir rempli mes fonctions convenablement.

— Attends un peu, on va te voter une médaille !

— J'ai pas été polie avec ce monsieur ? Si on peut dire ! Je me rappelle très bien à présent. Il était décoré.

— Certainement qu'il était décoré.

— Et j'ai pas été polie ? Par exemple ! Le ruban

rouge me rappelle un homme que j'ai trop aimé, pour ça. La seule infraction que j'ai faite à ton père.

— Il ne s'agit pas de politesse. Quand le monsieur t'a demandé mam'zelle Inès de Galmieros, qu'est-ce que tu as répondu ?

— Ce que j'ai répondu ?

— Oui. Dis donc pour voir !

— Ne me regarde pas avec ces yeux-là.

— Tu as répondu : « Au second, la porte à gauche. »

— Comment ?

— « Au second, la porte à gauche. » Et il est allé sonner chez la grande Clotilde, la drogue ! au lieu de sonner chez moi, à droite, à droite ! Et Clotilde l'a gardé.

— Bonté du ciel ! c'est pas possible.

— C'est comme je te le dis, entends-tu ? Voilà le coup que tu as fait. Et on prétend qu'on aime sa fille ! Et quand il vient un monsieur la deman-

der pour lui faire une position, on ne peut seulement pas bien indiquer sa porte, et on me fait souffler le monsieur par une drôlesse d'à côté Oh ! la famille, la famille !

— Écoute, Céline, tu es sûre de ce que **tu** dis ?

— C'est la femme de chambre de cette grande canaille qui l'a raconté à la mienne pour me narguer.

— Mais c'est une infamie ! Non, sacré nom ! ça ne se passera pas comme ça. Tu dis qu'il y est encore, ce monsieur ? Eh ben, c'est moi qui vais aller lui parler... lui expliquer comment que ça s'est passé. Et quand il entendra la voix d'une mère...

— Tu vas nous laisser tranquille, n'est-ce pas ? Ce qui est fait est fait ; je ne mange pas le reste

des autres. Seulement tu vas donner ta démission

de concierge d'ici. Je n'ai pas envie que ça recommence tous les jours.

— Tu veux te séparer de moi ?

— J'aime mieux te faire six cents francs de pension que de t'avoir dans mes environs.

— C'est pas pour l'argent, entends-tu bien... (*D'un ton larmoyant.*) C'est pour le cœur !

— En voilà assez. Méfie-toi de pleurer... Alcoolisée comme tu l'es, ça ferait un grog !

MAITRE
TROIS-ETOILES

MAITRE TROIS-ÉTOILES

ne lumière du barreau.

Je ne le désigne pas autre- ment, parce que tout de suite vous le reconnaîtriez.

J'ajouterai seulement, comme signe particulier, que M⁰ Trois-Étoiies a une jolie femme... une très jolie femme.

Vous avez souvent, dans les comptes rendus mondains, rencontré le pa-

négyrique de sa beauté, de sa grâce, de ses toi
lettes.

Car Mᵉ Trois-Étoiles, qui gagne gros, n'y regarde pas quand il s'agit de satisfaire les caprices
d'élégance par lesquels s'illustre sa moitié.

Aussi le ménage, bien qu'il y eût une sensible
différence d'âge, semblait-il marcher à souhait,
lorsqu'un matin de la semaine dernière...

Ce fut une maudite lettre qui fit tout le mal.
Une lettre olographe.

Incorrigibles, les femmes qui écrivent. Plus
incorrigibles, celles qui prennent leur femme de
chambre comme confidente.

Tel était le cas.

La femme de chambre — qui avait eu une pique

avec sa maîtresse et qui avait résolu d'en tirer
vengeance, bien qu'il y eût eu apparence de récon-
ciliation — s'arrangea pour passer dans l'antichambre au moment même où Me Trois-Étoiles
allait sortir, se rendant au Palais.

Elle tenait une lettre à la main, bien ostensiblement.

Si ostensiblement que Me Trois-Étoiles ne put
se dispenser de la voir.

Et de dire :

— Tiens ! qu'est-ce que c'est que cette lettre,
Annette ?

— C'est une lettre que madame...

En même temps, la fine mouche faisait sem-
blant de la cacher sous son tablier.

Naturellement Me Trois-Étoiles, qui suivait
le mouvement, eut envie de regarder.

— Montrez !

— Mais, monsieur...

— Montrez, vous dis je.

— On m'a recommandé...

— Ah! l'on vous a recommandé ?...

Mᵉ Trois-Étoiles prit le bras de la soubrette.

Après le bras, la main.

Après la main, la lettre.

La suscription portait un nom masculin, avec **cette** indication significative :

Poste restante.

C'était déjà presque une certitude.

C'en fut une tout à fait, quand Mᵉ Trois-Étoiles eut pris connaissance du contenu de l'épître.

Pas même l'ombre d'un doute.

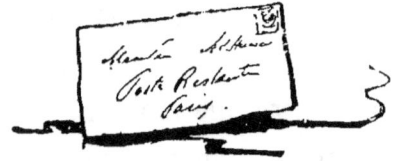

Ce qui se passe en pareil cas, vous le savez. **Vous** entendez d'ici le monologue agité auquel Mᵉ Trois-Étoiles se livra :

— Elle qui !... Elle que !... A qui se fier ?... **Tuer** ce monsieur ?... Ou me faire tuer ?... Ce serait bien bête !... Homme de loi, c'est à la loi que je dois demander... Oui, c'est à la loi...

Mᵉ Trois - Étoiles prit sa serviette sous son bras et sortit.

Mais ce ne fut pas pour se rendre au Palais.

— Durantel est l'homme qu'il me faut pour plaider ce procès-là. C'est mon meilleur ami. Il a du mordant, du trait. Oui, c'est l'homme qu'il me faut.

Et, vingt minutes après, Mᵉ Trois-Étoiles arrivait chez Durantel, son ami et collègue.

Il fit passer sa carte et, quoique le salon fût encore plein de consultants, Mᵉ Trois-Étoiles fut aussitôt reçu.

— Comment ! c'est toi ? Je ne t'attendais guère.

11

Nous nous sommes quittés hier à minuit, en sortant de la soirée des Bézuchet.

— En effet, mon ami. Hier soir, je ne savais rien du grave motif qui...

— Une cause importante qui t'est arrivée ce matin et sur laquelle tu veux me consulter ?

— Oui, une cause, mais qui ne ressemble pas aux autres.

— Assieds-toi donc. Madame va bien ?

— Oui, elle va bien.

— Comme tu as l'air singulier !

— On l'aurait à moins. Mon cher Durantel...

— Mon cher Trois-Étoiles...

— Ah ! tu as eu bien raison de rester garçon, mon ami.

— Pourquoi me dis-tu cela ?

— Parce que, quand on est marié...

— Ah ! c'est d'un procès en séparation que tu veux m'entretenir ?

— Précisément, d'un procès en séparation.

— Hein ! en avons-nous vu de drôles !

— On trouve ça, quand il s'agit des autres !

— Tu dis ?

Durantel était soudain devenu sérieux et ob-
servait son ami avec une visible inquiétude.

Mᵉ Trois-Étoiles demeurait silencieux. Ce fut

lui, cependant, qui reprit la parole le premier
après cette pause.

— Durantel, j'ai toujours cru que je pouvais
m'en fier à ton amitié.

— Mais certainement.

— Eh bien, je vais la soumettre à une épreuve.
Tu connais ma femme...

— Plaît-il ?

— Tu connais ma femme ?

— Sans doute... Mais pourquoi me poses-tu cette question bizarre ?

— J'ai mes raisons.

— Lesquelles ?

— Quelle opinion avais-tu d'elle ?

— De qui ?

— De ma femme.

— Mais...

— Elle est charmante, n'est-ce pas ?

— Sans doute.

— Candide...

— Honnête...

— Tu...

— Ah ! ah ! ah !... J'en aurais dit autant, il y a deux heures encore.

— Comment ! il y a deux heures ?

— Et maintenant, je vais plaider en séparation !

— Toi !

— Oui, moi... En séparation immédiate, et c'est pour cela que je suis venu te trouver.

— Je ne vois pas... quel...

— Tu ne vois pas ?... Mais c'est toi qui plaideras pour moi. On ne peut pas prendre la parole sur son propre cas.

— Tu veux que je plaide...

— Contre Mme Trois-Étoiles, épouse coupable.

— Elle !

— Le procès n'est pas perdable.

— Voyons ! tu me bouleverses, tu m'anéantis...
Hier soir nous nous sommes quittés...

— En sortant de chez les Bézuchet, oui... J'é-
tais un bon jocrisse qui ne savait rien. Mais ce
matin, c'est autre chose. Je sais tout !

— Tout?

— Et me voilà !

— Alors...

— Me voilà avec la pièce de conviction.

— Il y a une pièce de conviction? Ah! çà,
t'expliqueras-tu?

— C'est la femme de chambre qui me l'a don-
née.

— Annette?

— Tiens ! juge par toi-même.

— Qu'est-ce?

— Juge.

— Une lettre de...

Oui, une lettre... avec adresse à l'appui...

« Monsieur Edmond Galardon. »... Galardon...
Ce nom, pour un séducteur... J'espère que tu le

flétriras dans ta plaidoirie... que tu le ridiculise-
ras... que tu... Eh bien ! qu'est-ce que tu as donc ?
Tu pâlis...

En effet, il pâlissait, Me Durantel, en lisant :

« Oui, cher Edmond, tu es ma vie ! Tu es mon
soleil... »

Et soudain, emporté par la fureur :

— La misérable !... Elle lui écrivait absolument dans les mêmes termes qu'à moi ! ! !...

Tableau.

P.-S. — Me Trois-Étoiles est séparé.

Mais ce n'est pas son collègue Durantel qui a
plaidé pour lui.

AMOUR
ET
SERRURE

AMOUR ET SERRURE

Ilavait l'air d'être bouleversé, absolument bouleversé, l'ami Navaillac, quand je le rencontrai l'autre jour.

Tellement bouleversé, qu'il vint se jeter dans mes jambes sans me reconnaître.

— Prenez donc garde, ani...

Je n'ajoutai pas *mal* à mon exclamation, en

m'apercevant que j'avais affaire à un camarade.

Mais, le regardant avec quelque étonnement :

— Ah ! çà, est-ce que tu aurais perdu la tête, toi, ou bu un verre de champagne de trop, pour fondre ainsi sur les gens sans crier gare ?

— Il s'agit bien de champagne, ma foi ! Si tu savais...

— Si je savais ?

-- L'abominable gargotier !

— Tu as fait un mauvais déjeuner ?

— Peuh !... Si ce n'était que ça !...

— On t'a servi des champignons vénéneux ou des moules hypertrophiantes ?

— Si ce n'était que ça !... répéta Navaillac.

— Merci bien.

— Restaurateur du diable !... Gueux !... Scélérat !... Pendard !...

Après avoir laissé passer cet irrésistible flot d'imprécations :

— Ah! çà, me diras-tu le motif qui... ou bien tiens-tu à le garder pour toi? Auquel cas, serviteur... je suis pressé.

— Non... C'est le ciel qui t'envoie, comme on dit dans les drames en six actes et dans les feuilletons palpitants. J'ai justement besoin d'un confident pour épancher ma douleur panachée de colère ou ma colère panachée de douleur, comme tu voudras.

— Épanche.

— Ah! mon ami... mon pauvre ami!...

Navaillac m'avait pris le bras. Ceci se passant sur le quai d'Orsay, non loin du ministère des affaires étrangères, il m'entraîna du côté de l'esplanade des Invalides, dont la solitude lui semblait sans doute propice à ses épanchements.

Puis, continuant son récit:

— Figure-toi, mon cher, que, depuis six mois, j'étais épris d'une femme charmante.

— Toi épris, cela ne m'étonne pas... La femme

charmante... c'est l'invariable épithète dont on décore son idéal momentané... Mais que cela ait

duré six mois à l'état d'incandescence platonique, voilà ce qui me paraît, de ta part, singulière- ment invraisemblable.

— C'est vrai cependant, mon ami.

— C'était donc une passion sérieuse?

— Effroyablement sérieuse !...

— Une fois n'est pas coutume.

— Tu l'as dit... Et l'expérience n'est pas faite pour me donner envie de réitérer. Peu t'importe de savoir comment elle se nommait, n'est-ce pas?... Bien qu'à la rigueur je puisse la nommer maintenant sans... Mettons, pour la commodité de ma narration, qu'elle s'appelait Léa.

— J'adhère.

— Une femme mariée...

— Je m'en doutais.

— A un mari terriblement jaloux, à ce qu'il paraît.

— Un stimulant de plus.

— Tu me connais bien, toi !

— Comme si je t'avais fait.

— Merci, papa !... Une femme mariée, te dis-je. Et fidèle à son mari.

— Nous entrons dans le domaine de l'invrai semblance.

— Parole d'honneur ! Fidèle... jusque-là.

— Approuvée, la restriction !

— Ce fut un rude siège, mon ami!... Oh! oui, un rude siège!... Quand je pense à tout ce qu'il me fallut déployer de persuasion, de diplomatie, d'ardeur, de pathétique!...

Navaillac s'était brusquement arrêté. Il remuait la tête, abîmé dans ses réflexions et les yeux fixés sur les canons des Invalides — qu'il ne voyait même pas.

— Allons! fis-je en le secouant, cette artillerie t'intéresse donc bien?

Il sursauta comme un homme qui se réveille.

— Quelle artillerie?... Ah! où en étais-je?

— A l'énumération des engins de siège que tu dus employer, toi aussi, pour battre en brèche la résistance de la belle Léa.

— Oui, je me rappelle... Cela dura, mon cher, six mois, ni plus ni moins.

— A Sébastopol, cela a bien duré deux ans!
Sans parler de Troie, qui...

— Ne plaisante pas. C'est sinistre... Au bout
des six mois, — je saute par-dessus les péripé-
ties et j'arrive au dénouement, — au bout des six
mois, je parvins enfin à triompher de ses der-
niers scrupules...

— Mes compliments!

— Je ne puis les accepter... Car mon triomphe
est simplement moral... Elle avait consenti à accepter un rendez-vous...

— Le reste se devine.

— Pas du tout. Le reste ne se devine pas. Et
c'est ici, au contraire, que l'églogue tourne à la
tragédie... Son mari dînait à la Société de miné-
ralogie... C'est un ingénieur... Elle était libre,
car un retour offensif n'était point à craindre...

Il devait prononcer un discours... « A sept heures, m'avait-elle dit, avenue Gabriel... » J'étais là dès six heures et demie, guettant le fiacre mystérieux... Tu connais ces émotions-là?

— Un peu.

— Enfin il point... C'est elle. C'est bien elle... Ange!... Je monte. « Cocher, au restaurant ***. » J'avais choisi une maison perdue là-bas, là-bas, près du Bois, dans un coin isolé..., un vrai nid à tourtereaux... que j'avais mis en pratique déjà.

— Moi aussi.

— Ah ! tu le connais, cet antre infâme ?

— Oh ! infâme !...

— Je regrette de n'avoir pas d'épithètes plus flétrissantes à ma disposition... Nous débarquons. Nous dînons... Jamais, mon cher, elle n'avait été

plus en beauté. Un pastel de Latour... des yeux
ruisselants de promesses... des lèvres qui m'a-
vaient laissé prendre déjà deux ou trois acomptes.
Enfin le moment psychologique était arrivé... Le
dessert servi, le garçon n'ayant plus à intervenir,
le champagne ajoutant à son regard des pétille-
ments nouveaux... je lui avais pris la main...
quand je surprends ce regard se dirigeant vers
la porte... J'avais compris... et pour rassurer sa
légitime inquiétude, je me lève... je vais à la
porte susdite... je tâte... je peste... Pas de verrou,
mon ami !... pas de verrou !... dans un établissement qui prétend se respecter ! Il était tombé.

— L'établissement ?

— Non... le verrou, et on ne l'avait pas rem-
placé... Me voilà ahuri, abêti, ne sachant quelle
contenance garder... Elle a compris, elle rougit...
Je rougis aussi... j'essaie de dire quelque chose...

je barbotte... je veux, à l'aide d'une chaise... Elle
se lève... et d'une voix convaincue : « Mon ami,
c'est la Providence qui a voulu... » La Providence... au diable !... Je tombe à ses genoux...
« Relevez-vous,... si l'on venait ! » Le fait est
que si l'on venait... Je me relève... Elle avait
remis son chapeau... Je paie... et nous partons...
Bredouille, mon ami.

— Oh ! c'est affreux.

— N'est-ce pas que c'est affreux ? Un espoir
me restait. Elle m'avait promis — je ne l'avais
quittée qu'à cette condition — de revenir ce soir.
Et voici la lettre qu'elle vient de m'écrire :

« Ce que Dieu veut, femme doit le vouloir.
Oubliez-moi. »

— Un congé.

— En mauvaise forme... Un amour brisé... Un
paradis perdu... Tout ça pour un verrou !

— Application nouvelle du proverbe : *Il faut qu'une porte soit ouverte ou fermée.*

— Tais-toi... Ne me parle pas de Musset... Nous le lisions ensemble, — du temps de son siège... avant que la serrurerie s'en soit mêlée... Adieu !

* *
*

Et Navaillac partit, plus éperdu que jamais.

Pauvre Navaillac !

Savez-vous que, de la part de ce restaurateur odieux, c'est un inqualifiable abus de confiance, d'avoir des cabinets dont...

Jurons tous désormais d'y regarder toujours en entrant.

LE DUEL DE CHAVANAIS

LE DUEL DE CHAVANAIS

HISTOIRE PAR LETTRES

I

Paris, le 5 novembre 881.

Mon cher René,

Tu n'es pas seulement mon frère aîné, tu es
mon meilleur ami. Aussi ai-je toujours parlé
avec toi à cœur ouvert.

Pourquoi pas, d'ailleurs ?

La différence d'âge est-elle donc si grande entre nous ?

Tout au plus quatre ans. Encore s'en faut-il de quelques mois.

Seulement tu es un *parisophobe,* toi. Un épris de solitude champêtre et de bois silencieux.

Là-bas, dans tes halliers de Sologne, tu chasses, tu rêves et tu te trouves heureux.

Je me suis toujours figuré qu'il devait y avoir quelque déception cachée au fond de cet isolement.

Cela ne me regarde pas, mon cher René.

Cela me regarde d'autant moins, que tu es aussi indulgent pour moi que sévère pour toi-même.

Et j'ai déjà plus d'une fois mis cette indulgence à d'assez rudes épreuves.

Que veux-tu, mon cher René? je suis un exubérant, moi.

Je l'adore, ce Paris que tu sembles fuir. Je l'adore pour son mouvement perpétuel, pour sa vie débordante, pour ses plaisirs fiévreux, pour ses Parisiennes excitantes!... Ah! mon cher René, si tu connaissais Juliette!

Mais pardon... je ne te l'ai pas présentée.

Vingt-deux ans!... Brune comme une créole;

capricieuse comme une Française. Le regard d'un ange et la malice d'un diablotin. Une taille à passer dans une bague — en y mettant un peu d'exagération.

Le reste complétant un ensemble de séduction irrésistible.

Aussi je n'ai pas une seule minute essayé de résister.

C'était à l'Odéon, un soir de première.

Elle était dans une stalle de balcon voisine de la mienne.

On jouait une pièce d'un de mes anciens camarades de l'École de droit.

— Un arrivé !... disions-nous avec envie.

Il m'avait donné un billet pour que j'applaudisse.

Pauvre garçon! je l'ai bien volé.

Car, au lieu de remplir mes fonctions de claqueur officieux, je n'ai fait que regarder ma voisine.

Une dame l'accompagnait.

Sa mère, sans doute.

Je les ai suivies.

Elles demeurent rue Monge. Je passe devant la porte six ou sept fois par jour.

Je finirai bien par la rencontrer.

Je n'ai, pour le moment, pas d'autre but dans la vie.

Excuse-moi, mon cher René, de te conter tout cela, à toi, le philosophe des champs.

Mais il y a, tu sais, des heures où l'on a besoin de déborder sur quelqu'un.

Et je n'ai pas d'autre quelqu'un qui se laisse attendrir par ma prose avec une résignation aussi indulgente que la tienne.

A bientôt!

12.

Je te quitte pour aller faire ma sixième promenade de la journée sous ses fenêtres.

A bientôt.

Ton frère dévoué,

ALBERT CHAVANAIS.

II

Paris, le 15 janvier 1882.

Mon cher René,

On a dit : Heureux les peuples qui n'ont pas d'histoire !

Les frères aussi.

Tu n'as pas entendu parler de moi parce que j'étais tout au bonheur.

Et on n'écrit plus alors.

On aime.

Tu te rappelles la rencontre dont je te parlais dans ma précédente lettre.

Celle de novembre dernier.

Eh! bien, je pourrais chanter comme dans les opéras comiques :

Elle est à moi! C'est ma compagne !

Quelle compagne, mon ami! Jamais je n'aurais cru que l'on pût être aimé ainsi !

La chère mignonne !

Ah! ce n'a pas été sans peine; j'ai dû faire un siège de près de deux mois.

La pauvre adorée!... Elle avait été, à ce

qu'elle m'a conté plus tard, trompée et délaissée
par un infâme.

Sa malheureuse mère pleure à chaudes larmes, quand on en parle.

Elle s'adresse des reproches cruels.

C'est cependant la meilleure et la plus digne
des femmes. Mais elle ne sait pas contrarier sa
fille.

L'idée de lui causer un chagrin...

Enfin! c'était écrit!

Mais je lui ferai oublier les déceptions dont
elle a été victime.

Si tu voyais combien elle m'est reconnaissante
de ce que je fais pour elle! Comme si ce n'était

pas moi qui suis son débiteur pour tout l'amour qu'elle me donne.

Écoute, mon cher René, je suis capable de l'épouser, je te l'avoue, tout de suite.

Elle le mérite, va !

C'est le dévouement. C'est la loyauté. C'est...

Je ne t'en dis pas plus long pour aujourd'hui.

Elle est là. Ses lèvres m'appellent du sourire. J'y vais.

Ah ! je suis bien heureux !

ALBERT CHAVANAIS.

III

Paris, le 18 mars 1882

Mon cher René,

Un simple billet.

Je me bats demain !

Je me bats avec un homme qui m'a pris l'amour de Juliette.

Le misérable !... Je le tuerai !

Mon cher René, je t'envoie mon dernier adieu peut-être.

Ne m'oublie pas si je meurs, et plains-moi si je vis.

Albert Chavanais.

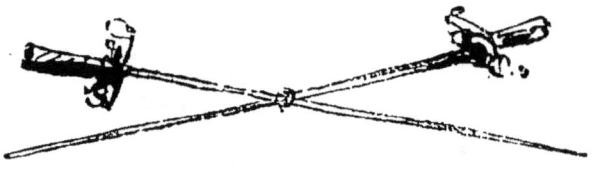

IV

Paris, le 28 mars 1882.

Mon cher René,

Je t'ai fait savoir par un télégramme, il y a deux jours, que j'étais sorti sain et sauf de ma rencontre.

Puis plus rien !

C'est que j'avais besoin de me remettre après la secousse qui...

Non. C'est à n'y pas croire encore !

Je t'ai dit pour quel motif j'allais sur le terrain.

Je croyais que mon adversaire avait fait la cour à Juliette. Une cour suivie d'effet.

Les détails seraient trop longs à t'écrire.

J'avais surpris certains indices... Si bien que, malgré les protestations de ce brave garçon, je le provoquai en des termes dont la brutalité n'admettait pas d'autres répliques que le coup d'épée.

Nous nous sommes donc battus.

Le coup d'épée — que je méritais bien — a été pour lui. Ça s'appelle le jugement de Dieu.

Dérision !

Car figure-toi que j'ai eu les preuves palpables, authentiques, irrécusables de l'innocence complète de mon pauvre blessé — que j'ai soigné et sauvé...

Et avec qui je débarquerai demain à Salbris.

Nous venons chercher à nous guérir ensemble. Lui, de son bras. Moi, de mon cœur.

J'en ai assez de Paris. Ah ! que tu avais raison ! A demain.

Je t'embrasse d'avance,

ALBERT CHAVANAIS.

P. S. — J'oubliais...

En poussant mon enquête, à propos du duel, en même temps que j'acquérais la preuve de l'innocence de mon adversaire, j'ai appris que Juliette — coquine des coquines ! — était la maîtresse de mes deux témoins !....

A. C.

SCÈNE DE MÉNAGE

SCÈNE DE MÉNAGE

PERSONNAGES :

Le Prince,
Le Mari.

Le prince, riche étranger, nom en *off*, s'est

installé à Paris pour distraire les soucis que le
nihilisme lui causait.

Le mari, bourgeois côtoyant l'art. Sa femme a

passé par le Conservatoire et s'est jadis destinée au théâtre.

Elle est jolie, sa femme, **très** jolie.

Lui est pauvre, ou du moins l'était, exerçant un emploi modeste chez un agent d'affaires jusqu'au jour où il s'est dit qu'à Paris la beauté est une denrée appréciée.

La beauté féminine, bien entendu.

Au moment où la scène commence, le prince vient d'arriver.

Il est entré sans se faire annoncer, en homme qui est de la maison, et tout droit s'est rendu dans la chambre de madame.

Personne.

Il s'est mis à parcourir l'appartement, et c'est en traversant le salon qu'il se heurte au mari.

La conversation s'engage.

LE PRINCE, *agité*. — Ah! c'est vous?

LE MARI, *obséquieux*. — Oui, mon prince, je...

LE PRINCE. — Et où est-elle encore?

LE MARI. — Comment! le... vous... je... Vous ne l'avez pas trouvée dans sa chambre?

LE PRINCE. — Ni dans sa chambre ni ailleurs.

LE MARI. — Je n'y comprends rien. Elle devait vous attendre cependant?

LE PRINCE. — Elle l'aurait dû, sans doute! Mais depuis quelque temps...

LE MARI. — Oh! en général, elle est tout ce qu'il y a de plus ponctuel.

LE PRINCE. — Je ne trouve pas.

LE MARI. — J'ai cependant grand soin de lui répéter toujours : « N'oublie pas l'heure à laquelle le prince doit venir. »

LE PRINCE. — Il faut croire qu'elle vous écoute peu.

LE MARI. — Vous savez, les femmes...

LE PRINCE. — Je ne comprends pas qu'un mari n'ait pas plus d'autorité sur la sienne, monsieur.

LE MARI, *troublé.* — Si vous croyez que c'est facile !

LE PRINCE. — Enfin, êtes-vous son mari ou ne l'êtes-vous pas?

LE MARI, *hésitant malgré lui.* — Je le suis, mais...

LE PRINCE. — Vous devriez au moins savoir où elle est allée.

LE MARI. — Mais puisque je la croyais ici !

LE PRINCE. — Vous la croyiez, vous la croyiez... On s'en assure !

LE MARI. — Je n'osais pas entrer dans sa chambre... par discrétion.

LE PRINCE, *avec hauteur.* — Auriez-vous cru par hasard que je pouvais être jaloux de vous, mon cher ?

LE MARI, *grimaçant un sourire.* — Je ne dis pas...

LE PRINCE. — De sorte que vous ignorez même à quelle heure elle est sortie ?

LE MARI. — Elle était encore là au déjeuner. Nous avons parlé de vous.

LE PRINCE. — Très flatté.

LE MARI. — Elle me disait...

LE PRINCE. — Je ne vous demande pas ce qu'elle vous disait, je vous demande où elle est. Déjà, avant-hier, c'était la même chose.

LE MARI. — Vraiment ?

LE PRINCE. — Oui, monsieur, la même chose.

LE MARI. — J'étais allé voir notre fille qui est en pension.

LE PRINCE, *avec intention.* — Elle ne doit pourtant pas être encore assez grande pour vous intéresser.

LE MARI. — Elle sera charmante.

LE PRINCE. — Ah! tant mieux pour vous!... Elle ne revient pas!

LE MARI, *timidement.* — Elle est peut-être allée chez sa mère.

LE PRINCE. — Chez sa mère! Je voulais justement vous dire que c'est là une fréquentation qui ne me convient pas.

LE MARI. — Je l'ignorais.

LE PRINCE. — Vous le savez maintenant. (*Tirant sa montre.*) Quatre heures, et elle devait m'attendre à trois.

LE MARI. — Peut-être un accident...

LE PRINCE. — Je pose ! Positivement je pose...
Mais informez-vous donc, monsieur ! (*Il tire vio-*

*lemment la sonnette. Une femme de chambre
paraît.*) Où est madame ?

LA FEMME DE CHAMBRE. — Madame ?
LE PRINCE. — Ne cherche pas de mensonge !

LE MARI. — Dis toute la vérité au prince. (*Il lui fait par derrière des signes de se taire.*)

LA FEMME DE CHAMBRE. — Madame a parlé d'aller au *Bon Marché*.

LE PRINCE, *entre ses dents*. — Le *Bon Marché* n'est pourtant pas sa devise.

LE MARI. — Vous voyez! sans doute quelque emplette pressée... Ne devait-elle pas faire un voyage avec vous, mon prince?

LE PRINCE. — De quoi vous mêlez-vous? (*A la femme de chambre.*) Alors tu ne sais rien?

LA FEMME DE CHAMBRE. — Que ce que j'ai dit à monsieur.

LE PRINCE. — Va-t'en!

LA FEMME DE CHAMBRE, *à part*. — Si on était certain de tomber sur un mari comme ça, on se risquerait.

LE MARI, *au prince*. — Vous partez?

LE PRINCE. — Vous ne vous imaginez peut-être pas que je vais rester ici toute la journée à me morfondre.

LE MARI. — Je ne sais quelle distraction vous offrir...

LE PRINCE. — Mardi encore, elle était absente !
Je me le rappelle à présent.

LE MARI. — Alors, nous avions peut-être quelqu'un de malade dans la famille.

LE PRINCE. — C'est cela ! J'attendais la maladie
d'une parente. Ah ! çà est-ce que vous allez
passer en revue avec moi tout le répertoire dont
elle a dû jouer avec vous?

LE MARI, *à part.* — Voilà un mot qui te coû-
tera cher ! (*Haut*). Que voulez-vous ! je me perds
en suppositions.

LE PRINCE. — Eh bien ! moi, je ne fais pas de
suppositions ; je vais droit au fait. Si je reviens
encore une fois et que pareille chose se renouvelle, tout sera dit.

LE MARI. — Oh! mon prince...

LE PRINCE, *scandant ses paroles*. — Tout-se-ra-dit!

LE MARI. — Vous ne voudriez pas nous faire un pareil chagrin! Elle en tomberait malade.

LE PRINCE. — Gardez votre sensibilité pour une autre occasion. Bientôt cinq heures... Et pas un mot en partant!

LE MARI. — Il est certain qu'elle est tout à fait dans son tort. Du moins, les apparences sont contre elle. (*A part.*) Est-elle assez bête de ne pas me prévenir! j'aurais trouvé quelque chose.

LE PRINCE. — Vous m'avez compris, n'est-ce pas? La première fois que cela se renouvelle...

LE MARI. — Cela ne se renouvellera pas, je vous l'assure.

LE PRINCE. — Vous savez, mon cher, vos assurances ou rien...

LE MARI. — Que voulez-vous que je vous réponde, alors?

LE PRINCE. — Rien; mais retenez bien ceci : je ne suis pas un jocrisse, moi!

LE MARI. — Oh!

LE PRINCE. — Je n'ai pas besoin de vos *oh!* Je

ne suis pas un jocrisse, et je ne souffrirai pas
qu'elle me trompe comme elle vous trompe!

(*Il sort en faisant claquer la porte.*)

LE MARI, *resté seul.* — Non, vraiment, elle
n'est pas raisonnable... (*Un moment de silence.*)
Après cela, elle a peut-être quelqu'un de mieux
en vue!

LE COCHER DE MADAME

L e cabinet de toilette de Mme Paula de Saint-Galmier, notabilité du turf galant.

Mme de Saint-Galmier procède — il est dix heures du matin — au démêlage de ses cheveux d'un blond fauve (12 francs le flacon).

Soudain on gratte doucement à la porte.

Un signal convenu sans doute, car elle va ouvrir aussitôt — et se trouve en présence de Célestin, son cocher ordinaire.

CÉLESTIN. — Je viens prendre les ordres de madame et savoir à quelle heure madame sortira aujourd'hui...

PAULA. — Voyons... tu ne vas pas te fâcher?

CÉLESTIN. — Je m'fâcherai si je veux.

PAULA. — Vilain jaloux !

CÉLESTIN. — Il s'agit pas de jalousie.

PAULA. — Et de quoi donc ?

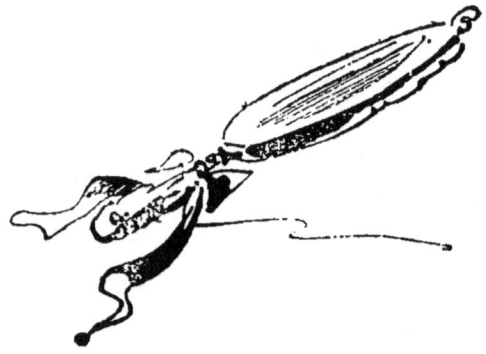

CÉLESTIN. — Il s'agit que t'es pas sérieuse.

PAULA. — Pas sérieuse ! Tu sais bien que je n'aime que toi, et que les autres...

CÉLESTIN. — Tu n'me comprends pas ; ce que je t'en dis, c'est pour ton bien... Parce que je ne crois pas que tu prennes le bon chemin.

PAULA. — De la morale !

CÉLESTIN. — Non !.. De la comptabilité... Quel est ton but ? D'arriver, n'est-ce pas, le plus vite possible à te faire un sac ?... Tu n'peux pas en avoir d'autre.

PAULA. — Naturellement.

CÉLESTIN. — Eh bien ! c'est pas comme .ça qu'il faut s'y prendre. T'as mis la main sur un

vieux pour de bon... Un banquier en retraite qui
n'demande qu'à se faire reprendre par toi tout ce
qu'il a pris aux autres.

PAULA. — Je l'encourage.

CÉLESTIN. —Drôlement !... En le trompant avec
qui ?

PAULA. — Avec toi !

CÉLESTIN. — Moi, j'n'entre pas dans le total.
Je r'présente le cœur... Je te parle de ton atta-
ché... un blanc-bec qui n'a pas seulement trente
mille livres de rente... Un oncle dont il n'va faire
qu'une bouchée.

PAULA. — Il est parti. Pas besoin de...

CÉLESTIN, *changeant de ton.* — Ah! il est parti... Et tu vas bien, ce matin ?

PAULA. — Et toi ?

CÉLESTIN. — Moi !... j'ai pris froid hier en t'attendant à l'Opéra... j'ai pincé une de ces averses !...

PAULA. — Pas ma faute... Il a voulu rester jusqu'à la fin de *Françoise de Rimini.*

CÉLESTIN. — De la pose !... Je la connais !... Pour faire croire qu'il sait la musique... Mais au fond il s'en faisait mourir d'embêtement, et moi, il me flanquait un de ces rhumes de cerveau !...

PAULA, *avec intérêt.* — Tu devrais prendre un vin bien chaud... Veux-tu que je t'en fasse un verre?

CÉLESTIN. — Inutile... Avec moi, c'est réglé... Du cerveau il faut que ça me tombe sur la poitrine.

PAULA. — Avec des précautions...

CÉLESTIN. — Puisque j'te dis que c'est réglé... Jusqu'à la fin... *Françoise de Rimini!*... En v'là des manières !... Enfin... Il paie assez cher pour

avoir le droit d'être bête de toutes les façons...
A quelle heure que tu sors?...

PAULA. — A une heure.

CÉLESTIN. — Hein?... C'est pas avec lui, alors?

PAULA. — Non.

CÉLESTIN. — Encore pour aller, comme hier,
au parc Monceau retrouver le secrétaire d'am-
bassade!

PAULA. — Mon cher, il a trois cent mille
francs... dont il me donnera bien la moitié.

CÉLESTIN. — Rien du tout... Je les connais, les

à la gomme! Quelques cadeaux pour amorcer...
Et s'il te fait pincer par le bailleur de fonds
sérieux, qu'est-ce qui sera la grue?... Ma
dame de Saint-Galmier.

PAULA. — On se gare, quand on n'est pas bête.

CÉLESTIN. — Possible... Mais alors, moi, ça ne
me va pas de collaborer à ces combinaisons-là.

PAULA. — Sais-tu que tu le prends sur un
ton?...

CÉLESTIN. — Si t'aimes mieux que je l' laisse
au lieu de le prendre?

14

PAULA. — Je n'ai pas d'ordre à recevoir de toi, après tout.

CÉLESTIN. — T'as raison... Serviteur... Je rends mon fouet et tous les honneurs qui y étaient attachés.

PAULA. — Soit !

CÉLESTIN. — Au plaisir de ne jamais te revoir. (*Il va sortir.*)

PAULA. — Pas vrai ! tu ne t'en iras pas.

CÉLESTIN. — Je m' gênerai.

PAULA. — Je ne veux pas que tu t'en ailles.

CÉLESTIN. — Et moi, j' veux.

(*Il l'écarte.*)

PAULA. — Méchant !...

CÉLESTIN. — As-tu fini ?

PAULA. — Ça abuse de ce qu'on est toquée...

CÉLESTIN. — Je suis prêt à ne pas même en user.

PAULA. — Tu vas m'embrasser tout de suite.

CÉLESTIN. — Pas la peine... Un cocher qui donne des ordres à madame!... Comme tu dis, c'est trop inconséquent.

PAULA. — Puisqu'on fera tout ce que tu. .

CÉLESTIN. — Je n'demande pus rien.

PAULA. — Écoute donc.

CÉLESTIN. — Quoi ?

PAULA. — Il n'y a que toi qui comptes pour moi...

CÉLESTIN. — Très flatté.

PAULA. — En veux-tu la preuve ?

CÉLESTIN. — Quelle preuve?

PAULA. — Je les renvoie tous et nous nous mettons ensemble.

CÉLESTIN. — En v'là une idée !

PAULA. — J'ai de quoi vivre tous les deux.

CÉLESTIN. — Est-ce que je t'ai jamais rien demandé ?

PAULA. — Je t'offre.

CÉLESTIN. — Merci.

PAULA. — Merci oui ?

CÉLESTIN. — As-tu fini ?

PAULA. — Veux-tu que je te dise...

CÉLESTIN. — Pas la peine.

PAULA. — Embrasse-moi... Et si ça te va, nous nous marierons.

CÉLESTIN. — Tu vas finir ?

PAULA. — J'ai dans les quatre cent mille.

CÉLESTIN. — Rappelle-toi d'une chose...

PAULA. — Dis.

CÉLESTIN. — J'te permets de m'aimer sur le siège... Mais monter dans la voiture !... Jamais ! Ça m' dégoûterait !

14.

LA SERRE

I

ui, c'était le baron de Martincourt ; elle, c'était la baronne de Martincourt.

Rien de plus logique, puisque lui était le mari et qu'elle était la femme.

Le baron possédait, entre autres biens au soleil, une villa sise à Viroflay.

Joli pays, jolie villa.

Mais je m'aperçois que je ne vous ai pas présenté mes personnages.

Quel oubli !

Le baron ! Environs de la quarantaine. **Un** blond qui se défend contre le gris.

Bon vivant, ami des belles.

Voire même un peu des laides.

Ami surtout du changement qui **renouvelle les** idées...

Et les désirs.

Je vais le prouver tout à l'heure.

La baronne ! Vingt-six ans. Une brune à tempérament. Épousée pour ses charmes. De la tribu des filles sans dot.

De celles dont le monde dit :

— Comme elle doit lui être reconnaissante de ce qu'il a fait pour elle !

Oui, on va voir ce que pèse la reconnaissance, quand on met... la fantaisie dans l'autre plateau de la balance.

II

Or donc, maintenant que la topographie et la photographie vous ont suffisamment renseignés, j'entre dans le vif de la comédie.

La baronne, cet hiver-là, avait remarqué une manière de bellâtre qu'elle avait rencontré dans plusieurs salons.

Elle remarquait volontiers, la baronne.

Le bellâtre — c'est dans la rigoureuse logique des choses — avait immédiatement été invité par le mari.

Les femmes ont, pour amener ces invitations-là, des habiletés spéciales.

Point n'est besoin que j'entre dans les détails.
Vous savez — ou vous devinez.

Le bellâtre était en conséquence devenu fa-
milier de la maison. De sorte que, quand la brise

fut venue au premier sourire du printemps, dirait un poète, les époux s'apprêtant à partir pour la villa de Viroflay, il fut dit au bellâtre avec une insistance en partie double :

— J'espère que vous viendrez souvent nous voir, cet été?

— Comment donc ! répondit-il.

Le *Comment donc !* fut si bien suivi d'effet, que l'ami comme il y en a tant avait, dès le mois de juin, pénétré aussi avant que possible dans l'intimité champêtre du ménage armorié.

III

Ce jour-là, — un jour dudit mois de juin, — la baronne dit à sa femme de chambre :

— Julie !

— Madame !

— Il y a dans la bibliothèque un vieux divan qui encombre.

— Oui, madame.

— Vous le ferez porter par Jean dans la serre du fond du jardin, celle qui ne sert plus.

— Bien, madame.

Cela avait été dit du ton le plus naturellement indifférent du monde.

L'ordre était, le soir même, exécuté sans commentaire public.

Car, au fond , c'était une fine mouche que Julie, la femme de chambre.

Et une mouche de svelte aspect. Pimpante, de grands yeux bleus , qui étaient langoureux et malicieux à la fois.

Des fossettes aux bons endroits. Un rire qui démasquait des quenottes à croquer tous les billets de mille qu'on voudrait bien leur confier.

J'abrège le portrait , en le résumant en ces deux mots :

Jolie fille.

IV

J'ai dit que le baron était amateur et connaisseur.

Vous pensez bien qu'il n'avait pas été sans s'apercevoir que Julie répondait au signalement ci-dessus.

Il s'en était même aperçu énormément.

Au point d'en être tout à fait préoccupé ; car, comme il flânait après déjeuner, un matin, dans les allées sinueuses de son jardin, il s'arrêta devant la serre du fond.

15

La serre abandonnée.

A quoi pensait-il? A quelque chose, bien sûr, puisqu'il se murmura :

— Excellent endroit, mais...

Tout en proférant ce *mais*, le baron avait tourné le bouton de la porte.

— Ah bah ! fit-il avec un mouvement qui se nuançait de satisfaction.

Cet *Ah bah!* lui avait été arraché par la vue du vieux divan.

Celui que la baronne avait, à son insu, donné l'ordre de porter là.

Le baron, qui n'avait pas de longtemps exploré ce recoin, n'en pensa pas plus long et ne se demanda pas le pourquoi de la présence. Il la constata. Ça lui suffisait.

Et il s'éloigna en se frottant les mains d'un petit air, mais d'un petit air...

V

Les conteurs ont des immunités chronologiques qui leur permettent de franchir d'un bond des années entières.

Je n'en abuserai pas.

Je me contenterai de sauter par-dessus une simple semaine.

Huit jours après, tandis que Julie achevait la chambre de madame, le baron s'approchait d'elle.

Et tout bas :

— Tu as bien compris?

— Mais...

— Ce soir, à neuf heures... J'ai dit que je dînais à Paris et que je ne reviendrais que par le dernier train... Je rentrerai par la petite porte du bois... Tu entends... A neuf heures... Dans la serre.

— Monsieur...

— Tais-toi !... A ce soir.

— C'est que...

— A ce soir !

Le baron, qui croyait avoir entendu monter, s'esquiva prestement sur ce rythme de l'homme qui s'adresse mentalement cette qualification :

— Heureux coquin !

VI

Le soir.

Neuf heures sonnent à l'église munie de l'horloge classique.

Exact, le baron.

Exact comme un homme amoureux, d'abord; comme un homme qui arrive par le train, ensuite.

Il suit de point en point son programme.

Il arrive par la petite porte du bois. Il l'ouvre et la referme avec précaution.

Il s'achemine à pas de loup vers la serre.

Il tâtonne. Il pénètre...

— Julie !

— Monsieur !

Elle est là.

— Chère mignonne !...

Le baron — toujours à tâtons, car la lumière

appellerait l'attention — s'est avancé et a pris
Julie par la taille.

Quand soudain... des pas ! Positivement, ce
sont des pas.

— Assieds-toi et ne bouge pas, fait le baron.

Ils se sont blottis sur le divan. Sans doute le
jardinier qui passe.

Mais les pas se dirigent bien vers la serre.

Ils s'arrêtent.

On ouvre la porte.

Une voix — une voix de femme — chuchote:

— Par ici... Tenez-moi la main.

— Oui, répond une autre voix , une voix d'homme.

— Mon mari dîne à Paris et ne rentrera que très tard. Nous avons deux heures devant nous... Suivez-moi... Par ici !

Ce disant, la personne se dirige droit vers le divan sur lequel le baron et Julie sont assis.

Un choc est imminent. Sacrebleu !

Une lueur jaillit. Puis une double exclamation :

— Ciel !

— Oh !

C'est le baron qui a frotté une allumette.

C'est la baronne qui apparaît, toujours tenant le bellâtre par la main.

En face le baron, son allumette au poing , et derrière lui Julie qui n'a pas bougé.

Les quatre personnages qui se font si étrangement vis-à-vis auprès du fameux divan se regardent en silence.

Groupe pour le prochain Salon ! !...

VII

Que faire ? que dire ?

On s'était mutuellement prêté serment de discrétion inviolable.

La seule façon d'échapper aux éclaboussures d'un ridicule réciproque.

Vous voyez, par ces détails circonstanciés, comment ce serment a été tenu.

J'oubliais.

Le baron a mis Julie dans ses meubles.

La baronne porte en ville ses tendresses au bellâtre.

Mais officiellement l'heureux couple reste plus que jamais uni.

Une séparation !... Oh ! fi !... Que dirait le monde ?...

15.

MACHINE INFERNALE

 ous nous promenions aux Champs-Élysées avec Gaston de R...

Un charmant garçon, vivant bien sans vivre trop, spirituel sans prétention, mondain sans fatuité ni gommage.

Nous étions arrivés au Rond-Point.

Là stationnait une de ces enormes machines qui servent à écraser le macadam.

Vrai supplice dantesque, inventé par notre édilité et par notre civilisation idiote pour torturer le sommeil des honnêtes gens, car ces machines-là n'opèrent que la nuit, par égard pour la sensibilité des chevaux. Tant pis pour les gens !

A la vue de l'engin monstrueux, Gaston de R... eut un soubresaut. Il pâlit.

Puis, entre ses dents :

— Je rencontrerai donc toujours et partout ces machines maudites !

— Ah ! parbleu, fis-je, saisissant le commentaire au vol, vous avez joliment raison ! Quelle abomination ! Quand on pense que, tel que vous me voyez, pas plus tard que la semaine dernière, j'ai pendant quatre jours eu cette infernale musique sous mes fenêtres !

— Je vous plains volontiers, mon cher ami, dit Gaston ; mais franchement, s'il ne s'agissait que de quelques heures d'insomnie, vous ne me verriez pas dans l'état d'exaspération où...

— Grand merci ! vous en parlez bien à votre aise.

— Mon Dieu, non, mon cher. Je compatis à votre petite tribulation ; mais, moi, c'est d'une véritable catastrophe que je suis redevable à cette invention exécrée.

— Une catastrophe ! Avez-vous donc failli être écrasé par elle ?

— Non, mais elle m'a ruiné.

— Vous vous étiez fourré dans l'entreprise qui fabrique ces...

— Pas le moins du monde.

— Mais alors ?

— Alors, mon cher ami, l'odieux rouleau à

macadam ne m'en coûte pas moins un bon million.

— J'avoue que je ne comprends pas.

— Et vous ne pouvez pas comprendre, en
effet.

— Serait-il indiscret de vous demander l'explication?

— Oh! nullement.

— En ce cas, je suis tout oreilles.

Gaston de R... avait tiré un cigare de sa poche
et l'avait allumé.

— Traversons, reprit-il. Nous serons plus
tranquilles de l'autre côté pour mon récit de
Théramène.

Nous traversâmes.

— Mon cher ami, poursuivit Gaston en lançant

en l'air une bouffée vigoureuse, je possédais, il
y a deux ans encore, un oncle.

— Qui est mort depuis ?

— Permettez-moi de ne pas anticiper. Cet
oncle était charmant pour moi. Inutile d'ajouter
que, de mon côté, j'étais plein d'égards et de
prévenances. Le million lui appartenait, et
comme il n'avait pas d'autre héritier que moi...

— Vous deviez être, en effet, disposé à user
de ménagements

— Comme vous le pensez ! Mon oncle avait
soixante-huit ans.

— Age respectable.

— Et qui rassure, n'est-ce pas, sur les possi-
bilités de postérité qui seules pouvaient empêcher les cinquante mille livres de rente de
passer entre les mains de votre serviteur ?

— Était-il marié, votre oncle ?

— Parfaitement. Il avait même épousé une
femme beaucoup plus jeune que lui.

— Aïe !

— Mais, n, i, ni, c'était fini. Comme on chante
dans les *Huguenots :*

Plus d'amour, plus d'ivresse !

— Eh bien, alors ?

— Nous arrivons à la péripétie. Mon oncle
venait d'aller habiter la rue de Rivoli, une rue
qui, je vous prie de le remarquer, est macada-
misée.

— En effet.

Il avait quitté son vieux faubourg Saint-Ger-
main pour se rapprocher du jardin des Tuileries,
où il aimait à faire sa promenade au soleil. Mais
il ne se doutait pas des petites misères qui l'at-

tendaient. Moi non plus, hélas ! Mon oncle était
installé depuis environ un mois, quand, en mettant le nez à la fenêtre, il aperçoit, dans la
journée, une escouade d'ouvriers qui, le pic en
main, défonçaient la chaussée. « Tiens ! se dit-il,
on va refaire le macadam ! » Et il n'en pensa pas
plus long. Selon son habitude, le soir, à dix
heures, il se fourrait paisiblement dans ses
draps, laissant comme d'ordinaire — j'ai su ces
détails depuis — ouverte la porte de communi-

cation entre sa chambre et celle de sa femme.
Histoire de pouvoir appeler s'il était indisposé.

— A son âge, la précaution était bonne.

— Que le diable l'emporte, la précaution!
C'est elle qui acheva ma perte.

— Ah ! ah ! vous me découvrez des horizons.

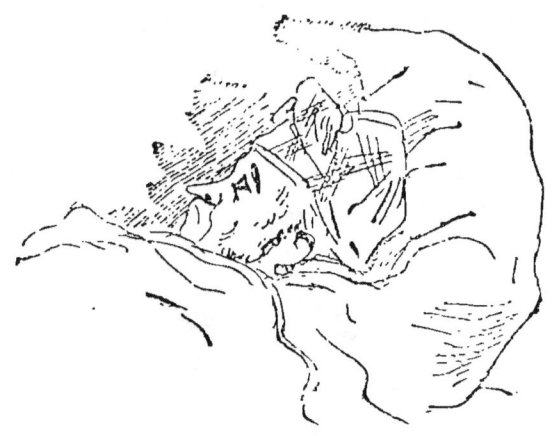

— Je vous ai dit que mon oncle s'était tran-
quillement couché à dix heures. Il goûtait les
charmes spéciaux du premier somme, lorsque
tout à coup un vacarme effroyable le réveille en
sursaut. Qu'est-ce donc ? Il ouvre les yeux, il
écoute. Des grincements d'engrenage, des cra-
quements sinistres, des hoquets énormes. Bref,
toute la symphonie macadamique.

— Le Wagner du pauvre! Je sais ce que c'est, j'y ai passé.

— Mon oncle, qui n'y avait pas passé, lui, ne comprend pas d'abord. Il suppose que cela va finir. Il essaye de se rendormir. Mais va te promener! La machine, dans son va-et-vient incessant, semble prendre un malin plaisir à lui infliger des sursauts intermittents. Le pauvre homme est au paroxysme de l'exaspération. « Adèle! Adèle! » crie-t-il.

— Adèle, c'était sa femme, sans doute?

— Tout juste.

— Qui se lève?

— Naturellement. « — Seriez-vous malade,

mon ami ? — Nullement. Mais n'entendez-vous pas ce charivari damné ? — Je dormais. — Comment ! vous pouvez dormir ? — Si cela vous contrarie, je ne dormirai plus. — Chère Adèle ! toujours bonne. » Il faut croire que mon oncle s'était aperçu que sa femme n'était pas seulement bonne, mais qu'elle avait encore, dans l'imprévu du déshabillé, d'autres mérites. Du moins est-ce ainsi que je reconstruis la scène.

— Vous êtes le Cuvier de la narration.

— L'affreux rouleau grinçait toujours. « — Si vous ne dormez pas, je vais vous tenir compa gnie, mon ami. — Merci, mais vous auriez froid à rester debout. — Oh! en me couvrant... — Je ne veux pas. Venez près de moi. »

— Elle y vint ?

— Si elle y vint, jour de Dieu !...

Trois mois après, la santé de ma tante commençait à avoir d'inexplicables caprices, et son estomac des fantaisies inattendues. Mon oncle, sans rien me dire, me regardait d'un petit air... et se frottait les mains. Ma tante rougissait pendant ce temps-là. Enfin, un jour, comme j'arrivais brusquement, j'entendis cette fin de dialogue entre eux : « Si c'est un garçon, nous l'appellerons Gustave. »

— Par exemple! mon pauvre ami...

— Oui, pauvre, car mon million était flambé! Ce fut un garçon; il s'est appelé Gustave, et il a hérité de toute la fortune de mon oncle, son

père, de par le rouleau à macadam... De mon
oncle qui succomba peu de temps après, vou-
lant sans doute se reposer sur ses lauriers. Vous
savez maintenant, mon cher ami, pourquoi la
vue de la machine infernale me met hors de moi.

. — Ce brave Gaston !

— Vous me plaignez ?

— Non, je pense à une chose. C'est que, puisqu'on se plaint toujours de la décroissance de la
population, nos édiles sont impardonnables de
ne pas faire macadamiser tout Paris.

L'AMIE DE LA MAISON

L'AMIE DE LA MAISON

'histoire n'est pas tombée dans le domaine public. Mais elle n'en aura, j'imagine, que plus d'intérêt pour vous, car elle est d'une authenticité parfaite et garantie.

Je pourrais vous dire de qui je la tiens, si je n'avais juré discrétion à toute épreuve.

Qu'il vous suffise de savoir que c'est le principal personnage lui-même qui, éprouvant le

16

besoin de s'épancher, après une surprise aussi imprévue, en a fait confidence à un de ses amis.

Lequel ami...

Nous pourrions aller loin, à suivre la filière des « *Surtout n'en dites rien à personne!* »

On en a dit quelque chose à quelqu'un — voire à quelques-uns.

Et j'ai été du nombre des privilégiés.

J'en abuse.

Je ne sais si vous avez ouï parler du baron de B...

Un mondain, un sportsman, un parisiennant.

Bien certainement, son nom a dû passer quelquefois sous vos yeux dans les journaux, où il est fort souvent question de sa présence à telle ou telle solennité parisienne.

C'est un des classés qui font partie de l'ina-
movible série dont les reporters recommencent
l'énumération à chaque occasion.

Ce qui ne laisse pas — entre nous — que
d'engendrer une monotonie que ces messieurs
du reportage devraient bien chercher à varier.

En attendant, le baron de B... bénéficie de
l'inamovibilité en question.

Il est cité continuellement à l'ordre du soir.

Ce qui le pose fort à certains yeux.

Doit-on faire figurer au nombre de ces yeux-
là ceux de la belle Olga de Moranoff?

Peut-être.

En tout cas, ils sont charmants, les yeux de
la belle Olga, avec leur transparence rieuse et
leur cercle de bistre.

Alliance qui semble prendre à tâche de donner raison à la formule : *Battus et contents.*

En tout cas aussi, il faut croire que ces yeux
exquis se fixèrent avec quelque complaisance
sur le baron ; car...

Mais n'anticipons pas.

La belle Olga était amie de couvent de la
baronne de B...

Après s'être perdu de vue, on s'était retrouvé.

Veuve, la belle Olga. Veuve à vingt-quatre ans. Comme au Gymnase.

Il était bien naturel qu'elle goûtât le charme de l'accueil qui lui était fait dans la maison d'ailleurs fort hospitalière et très gaie du baron.

Aussi y venait-elle souvent.

Pas trop souvent au gré du baron, qui avait été séduit d'abord, subjugué ensuite par la saveur bizarre de cette beauté brune qui formait un contraste si piquant avec la beauté blonde de la baronne.

Les attentions spéciales dont Olga se sentait l'objet de la part du baron ne lui déplurent pas,

à ce qu'il faut croire, puisqu'elle les encouragea plutôt qu'elle ne les rebuta.

16.

Elle finit même par les encourager si bien que... que... que...

Je ne prendrai pas de périphrases à la Delille.

Au commencement de la présente année 1882, le baron de B... était l'amant de la belle Olga depuis déjà cinq mois.

Là !....

Après un point suspensif en même temps qu'exclamatif dont le besoin m'a paru se faire sentir à ce passage, je continue.

L'accaparement d'une liaison qui se noue avait, durant ces cinq mois, absorbé tout entier le baron de B...

Où Olga disparaissait, toutes choses languissaient pour lui.

Il en était même résulté qu'il avait complètement — mais complètement — négligé sa femme.

:

Délaissement, du reste, que celle-ci paraissait subir avec une évangélique résignation qui faisait dire au baron :

— Cette pauvre Lucie est un ange !

Il s'efforçait de ne pas troubler cette quiétude, en n'éveillant par aucune maladresse les soupçons de l'ange.

Olga, de son côté, se montrait habilement affectueuse pour son amie de couvent.

Tout donc allait pour le mieux, quand **une** lettre anonyme vint faire, dans ce bonheur discret, l'effet d'une pierre passant à travers une vitre.

Patatras !

La lettre anonyme — émanant sans doute de

quelque domestique congédié — disait ceci en substance :

« Pendant que vous folâtrez de votre côté, baron, votre femme vous trompe du sien.

« Ne vous en doutez-vous pas ou ne vous en souciez-vous pas ?

« Si vous ne vous en souciez pas, que les cornes vous soient légères! Si vous ne vous en doutez pas et que vous teniez à vous renseigner, allez rue Buffon, quartier du Jardin-des-Plantes, au n° 37, une maison solitaire.

« C'est là qu'au troisième, dans une chambre louée discrètement, ont lieu les rendez-vous de la baronne. »

— Hein!... dit le baron à cette lecture.

— Allons donc! fit-il au second mouvement.

— Si pourtant?... opina-t-il au troisième.

— Il faut que je sache à quoi m'en tenir, conclut-il définitivement. Je saurai!

Pour savoir, il n'y a qu'un moyen : voir.

Le lendemain, le baron de B... se rendait à l'adresse indiquée.

Car sa femme était sortie, disant qu'elle allait,

en qualité de dame de charité, faire une tournée
pieuse.

Le baron s'était rappelé alors que, depuis
quelque temps, elle en avait fait beaucoup de
tournées pieuses, la baronne. Énormément même.

Avant la lettre, il était sans méfiance.

Mais depuis la lettre...

— Au troisième, indiquait le billet révélateur.

Mais il pouvait y avoir au troisième plusieurs
portes. D'autre part, n'était-il pas dangereux de
se conformer à l'invitation : *Parlez au concierge* ?

Il devait être soudoyé, ce concierge-là.

Le baron résolut de s'en fier à sa seule inspiration.

Guettant le moment où la loge était vide, il grimpe quatre à quatre.

Le voilà sur le palier

Deux portes.

Il écoute à droite. Rien.

A gauche... On parle.

Il n'entend pas bien, mais il a reconnu la voix de la baronne.

Oh! c'en est trop...

D'un vigoureux coup d'épaule — il est solidement bâti, le baron! — il fait céder le pène.

Il entre.

— Où est votre amant, madame?

Et, promenant des yeux furieux autour de lui, il découvre, blottie en un coin, au lieu de l'amant qu'il cherche... qui?

La belle Olga... sa propre maîtresse !...

Ici, le narrateur qui m'a mis au courant n'a pu me donner des renseignements précis sur la scène qui suivit.

Tout ce qu'on peut induire, c'est que le baron n'a pas été inflexible.

Car la baronne, qui ne sort plus seule, est toujours avec son mari, et la belle Olga, avec qui on les rencontre en trio, est plus que jamais l'amie de la maison.

17

UN MARI TERRIBLE

(CORRESPONDANCE INTIME).

I.

Léon Massy à Jules Dutheil.

on cher ami,

Ne m'attends pas.
Je te vois d'ici, sur
ce seul mot, faire un
bond furieux et t'écrier :
—Toujours le même !
Non, pas toujours le
même, je t'assure ; car,
cette fois, c'est un em-
pêchement sérieux, plus que sérieux, irrésisti-

ble, qui me met dans l'impossibilité absolue de
tenir la promesse que je t'avais faite.

Je me réjouissais pourtant, et bien sincère-
ment, mon cher Jules, de pouvoir passer auprès de toi un bon mois de chasse, panaché
d'hygiène et de souvenirs.

Nous aurions repassé joyeusement notre vie
au collège d'abord, puis nos fredaines d'étu-
diants, puis...

Cela n'en aurait pas fini.

Mais l'homme propose et l'amour dispose. J'aime mieux te dire tout de suite de quoi il retourne. Et il retourne cœur.

Oh! oui, cœur! Tout cœur!

Si tu étais à ma place, je n'aurais pas besoin de te donner un seul mot d'èxplication. La voir et me comprendre serait pour toi l'affaire d'un instant.

Pardon, mon cher Jules, d'employer cette formule surannée des romanciers. Je nage en plein roman : c'est donc tout naturel.

Bref, au moment où j'allais me disposer à boucler mes malles, je l'ai rencontrée sur ma route.

Charmante, séductrice, affolante! Je suis rivé.

Je ne peux t'en dire plus long, mon cher Jules, pour aujourd'hui, car voici l'heure du rendez-vous.

Je l'attends, elle va venir, peut-être monte-t-elle l'escalier.

Il me reste donc à peine le temps de te dire au revoir et à bientôt.

Celui qui, quoique amoureux, reste ton ami dévoué,

LÉON MASSY.

II

Jules Dutheil à Léon Massy.

Mon cher Léon,

J'ai reçu ta lettre.

Je ne te dirai pas que je l'attendais, mais je t'avouerai qu'elle ne m'a pas surpris; car je te connais, de longue date, comme le plus combustible des hommes.

Je regrette seulement que tu n'aies pas pris eu à une autre époque de l'année. Mais je n'en suis pas à désespérer pour cela.

Après avoir mesuré l'ardeur de ta flamme et évalué la durée probable de ta passion, j'en conclus que si nous n'ouvrons pas la chasse ensemble, nous pourrons du moins la fermer.

Je t'attendrai donc aux abords de janvier A

moins que ça ne soit fini plus tôt, ce qui ne m'é-
tonnerait pas non plus.

Comme toi, je termine donc par ces mots : A
bientôt !

Ton

JULES DUTHEIL.

III

Léon Massy à Jules Dutheil.

Cher ami,

Je ne voudrais pas détruire tes illusions, mais je ne peux cependant pas encourager tes espérances.

Tu m'attends, dis-tu, pour fermer la chasse.

Tu supposes — et j'ai des antécédents qui t'excusent — qu'il ne s'agit que de quelque capricieuse fantaisie, comme on en égrène tout le long d'une existence de garçon un peu prolongée.

Non, cher ami.

J'aime profondément, cette fois. D'autant plus profondément qu'un obstacle vient encore irriter mon amour.

J'avais omis de te le dire dans l'émotion inséparable d'un premier récit.

Elle n'est pas libre !

Elle est mariée !

Que veux-tu? On ne choisit pas, on est emporté, lorsqu'il s'agit d'une de ces passions qui
vous prennent d'un seul abord.

Maintenant, n'est-ce pas, tu renonces à l'espoir de me voir fin décembre?

Nous n'en sommes encore qu'à la préface **de**
l'adorable livre d'amour que nous allons **lire**
page à page.

Et relire! et rerelire!

Si tu savais! Parbleu! tu dois le savoir, **ayant**
eu dans ta vie plus d'une aventure.

On a comme cela de ces formules bêtes. **On**

serait prêt à prendre un brevet d'invention pour
ces joies, ces angoisses, ces fièvres, ces ravis-
sements que l'on n'a pas même perfectionnés.

Mais raison de plus, si tu sais, pour que tu
comprennes combien elle me possède.

Ces obstacles de toutes les heures qui sépa-
rent, — et qui rapprochent, — ces difficultés à
vaincre, les rendez-vous tour à tour exquis si
elle vient, cruels si elle ne vient pas, tout cela
avive sans cesse le feu et pimente le bonheur.

Comment veux-tu que cela ne dure pas, dans
de telles conditions ?

Viens donc plutôt à Paris, si tu peux.

Le papier est un confident glacé. J'ai besoin
de m'épancher dans un Arbate vivant et qui ait
au moins l'air de palpiter avec moi.

Seras-tu celui-là ?

Apporte-moi ta réponse toi-même.

A toi.

LÉON.

IV

Jules Dutheil à Léon Massy.

Impossible à mon tour, mon cher Léon.

Un mot qui n'est pas français, dit-on, mais qu'on est diablement souvent forcé d'employer.

Tu ne sais pas ce que c'est que la vie occupée sans cesse d'un agriculteur comme moi.

Je rentre mes blés !

Après ce sera le tour des colzas.

Puis des betteraves.

Pardonne-moi si je viens jeter ces prosaïsmes à travers tes poésies.

L'amour passe. La betterave reste.

Sois heureux sans moi et malgré moi qui t'aurais tant souhaité.

Enfin!... Je me résigne.

Cordialités.

Jules.

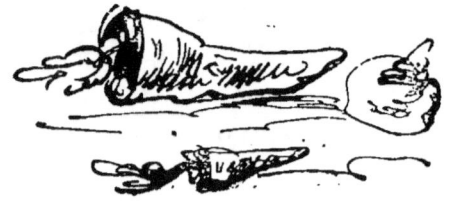

V

Léon Massy à Jules Dutheil.

Ah! mon ami, que ne suis-je parti!
Fatal amour! Pauvre chère!

C'est moi qui aurai brisé sa vie. Ah! nous sommes d'abominables égoïstes. Nous ne pensons jamais qu'après à ce qui aurait dû être notre premier souci.

Nous aimons pour nous. Et ensuite...

C'est une épouvantable catastrophe.

Hier, elle est arrivée éperdue, fondant en larmes.

Je l'ai questionnée.

— Nous sommes perdus! s'est-elle écriée. Ou plutôt je suis perdue!...

Et alors, toute rougissante de trouble et toute tremblante de désespoir, elle m'a appris...

Les symptômes ne permettent aucun doute. Elle est...

Comment cacher sa faute à tous les regards, lorsque dans quelques semaines elle se trahira par de trop visibles indices?

Elle parle de mourir. Elle est folle.

Moi aussi!

Mon Dieu! Pourquoi ne suis-je pas allé ouvrir la chasse avec toi?

Que faire? Que faire?

S'il te vient une idée pour la sauver, écris-moi vite.

Car je suis comme une brute, moi!

Je te serre bien tristement la main.

Léon.

VI

Jules Dutheil à Léon Massy.

Cher ami,

J'ai lu et relu ta dernière lettre.

Je n'y comprends rien.

C'est-à-dire si. Je comprends — mais sans comprendre.

Ne m'as-tu pas écrit qu'elle est mariée?

Eh! bien, alors!

J'ai retenu de mes études de droit cet axiome :
Is pater est quem nuptiæ demonstrant.

Ce n'est pas le triomphe de la délicatesse.
Mais puisque c'est légal!...

Obéissez à la loi.
Voilà ma consultation.
A toi.

JULES.

VII

Léon Massy à Jules Dutheil.

Hélas! cher ami, j'avais omis un détail : le
mari est paralytique!

A toi.

Léon

FIN.

TABLE

Paris. Société d'imp. Paul Dupont, 41, rue J.-J.-Rousseau, 41.0. 82.